DOUBLE JEU

Pascal Papé

DOUBLE JEU

Avec la collaboration de Henri Haget

Michel Lafon

118, avenue Achille-Peretti – CS 70024
92521 Neuilly-sur-Seine Cedex

www.michel-lafon.com

À ma famille,
Françoise, ma mère, ma « bonne fée » qui m'a protégé,
Jean-Pierre, mon père, mon guide, mon modèle,
Mes grandes sœurs, Céline, Sophie et Estelle,
Ma femme, Magali, qui m'a compris,
Mes amours, Louis, Thomas et Luc, qui comprendront un jour.

Et à toutes les personnes qui ouvrent leur cœur et leur foyer à ceux qui sont délaissés.

Prologue

Je ne me suis pas toujours appelé Pascal Papé. Parfois, je me demande si j'ai quelque chose à voir avec le type en acier trempé que les supporters du XV de France ont applaudi durant dix ans. Il me ressemble, c'est moi, et en même temps ce n'est pas moi. J'aimerais avoir sa force et son aplomb pour en finir avec ce secret.

Je ne pensais pas qu'il m'arriverait un jour d'écrire un livre. Un livre où je dévoilerais ma part d'ombre et mes cicatrices les plus intimes. Aujourd'hui encore, j'ignore si c'est une bonne idée. Mais c'est la seule que j'ai trouvée pour tordre le cou à mes tourments. Je ne veux pas déballer mon histoire pour faire pleurer dans les chaumières. Chaque jour, en France, des catastrophes d'une tout autre nature que mon drame personnel dévastent des vies entières. La mienne ne faisait que commencer et elle n'était que ruines et désolation. C'est injuste mais c'est comme ça. On ne m'a pas laissé le choix.

Le choix s'est présenté plus tard. J'aurais pu m'apitoyer sur mon sort, j'ai décidé de ne jamais en parler. À dix-huit ans, je suis devenu un homme en même temps qu'un expert du camouflage. Et le piège s'est refermé sur moi. Avec ma réputation naissante de rugbyman, ce qui n'était qu'un mensonge par omission a fini par m'enchaîner à mon passé et ses fantômes de schizophrène.

Durant toutes ces années, j'ai empoigné mon rôle de composition comme un pote de mêlée, à bras-le-corps. Pour me faire respecter, et sans doute un peu pour être aimé, j'ai dressé des remparts, j'ai lustré ma cuirasse. Les journalistes, les amis, et même mes équipiers n'y ont vu que du feu. À grands coups d'épaule, je me suis forgé une image de fier combattant, sûr de lui, un peu brut de décoffrage. La grande gueule qui appelle un chat un chat et les Anglais les *Rosbifs*. Le joueur qui met sa tête là où d'autres ne mettraient pas les mains et qui joue dur. À la limite du règlement. Et heureusement qu'il y a un règlement. Heureusement que je n'ai pas laissé exploser toute la haine qui couve en moi.

Je ne suis pas le plus grand joueur du monde mais je n'ai pas à rougir de ma carrière. Sur les terrains, je n'ai jamais triché. Sur les terrains, jamais. Avec l'équipe de France, j'ai collectionné soixante-cinq sélections, deux Grands Chelems et une finale de Coupe du Monde, en 2011, face aux All Blacks. L'année suivante, j'ai connu l'honneur d'être nommé capitaine des Bleus, en remplacement de Thierry Dusautoir, blessé. En rugby, la reconnaissance n'est pas seulement une affaire de palmarès. Elle se lit aussi dans le regard de ses adversaires et cette lueur de crainte que j'ai souvent croisée, depuis mes premières joutes à Bourgoin-Jallieu jusqu'à mes dernières ruades avec le Stade français, en passant par Twickenham ou par Auckland. Qu'auraient-ils pensé, tous ces durs à cuire, s'ils avaient su que sous le masque du guerrier se cache un vieil enfant qui pleure et qui a peur du noir ?

Les coups, ça fait mal, à ce qu'il paraît. Je

confirme. En seize ans de carrière, j'en ai reçu presque autant que j'en ai donné. C'est-à-dire beaucoup. Je suis recousu comme un ourlet, j'ai le dos et les ménisques en marmelade. D'un autre côté, j'ai écopé de trois mois de suspension pour avoir pété trois vertèbres à un Irlandais d'un coup de genou. J'assume. Toutes ces épreuves, je les ai surmontées sans la moindre plainte. En serrant les dents. En attendant que ça passe. Et c'est passé. Si je n'ai qu'un regret, dans tout ça, c'est d'avoir confondu la vie avec un match de rugby.

J'ai cru que, pour soulager la douleur, il suffisait de la bâillonner. Qu'en ignorant ma blessure, elle finirait par cicatriser. J'ai eu tort. Je saigne encore. Je me suis barricadé derrière mon double pour vaincre mes cauchemars, j'ai tout cadenassé, tout verrouillé. Mais, en mentant aux autres, je me suis menti à moi-même. Et la blessure est toujours là, suintant son poison de honte et de pensées morbides.

Je n'arriverai jamais à apprivoiser ce mal insidieux. Il me hante, il me ronge. Dans la rue, il suffit parfois qu'un passant se retourne sur moi pour que j'éprouve un malaise. Ce n'est pas de la timidité, encore moins de l'arrogance, c'est le venin du mensonge. Je suis incapable de me dire : « Tiens, c'est sympa, ça doit être un supporter du Stade français… » Non, je pense tout de suite que, si cet homme me dévisage, c'est qu'il a dû percer l'inavouable, qu'il sait forcément quelque chose. Et le temps qui passe ne change rien à l'affaire. Aujourd'hui, j'ai le rugby, sa lumière, ses bravos. Mais demain, quand j'aurai raccroché mon armure, et que je serai nu ?

Je n'arriverai jamais à apprivoiser ce mal insidieux. Il me tient, il m'épuise. Je ne peux plus vivre avec. Voilà pourquoi j'ai décidé d'écrire ce livre. Pour crever l'abcès. Pour révéler mon histoire, au risque de choquer ceux qui croyaient si bien me connaître, et dire tout haut ce que j'ai mis tant de soin à cacher tout au long de ma carrière.

À trente-cinq ans, l'heure est venue de poser les armes. J'ai besoin de vérité. La vérité vraie. Je vais la livrer crûment, sans fard ni artifice. Je vais l'arracher de la pénombre de mes souvenirs, la poser sur la table et l'on verra bien ce que ça donnera. Tant pis si ça fait mal. J'ai l'habitude. Je suis prêt à serrer les dents. Encore une fois. Une dernière fois.

– 1 –

Quelques mots d'amour

Demain, je pars au combat. Le combat ultime. Le combat d'une vie. Bien sûr, ça va être l'enfer. Toute la presse le dit, le prédit, le chante : les All Blacks, devant leur public, vont nous transformer en steaks hachés. Les journalistes anglo-saxons nous traitent à demi-mot d'imposteurs, estimant que nous ne devons notre place en finale de cette Coupe du Monde 2011 qu'à un concours de circonstances. Quant aux envoyés spéciaux français, ça fait deux mois qu'ils nous « assassinent » joyeusement. Ils n'ont jamais cru en notre jeu, en notre équipe, pas plus qu'en son sélectionneur, Marc Lièvremont. Ces derniers jours, finale oblige, ils ont fait mine de pousser derrière nous, ne serait-ce que pour ne pas décourager les seize millions de supporters qui vont se poster devant leur télé, un dimanche matin à 9 heures. Mais, au fond d'eux-mêmes, ils sont persuadés que les All Blacks vont nous ridiculiser et nous en mettre quarante. Comme en match de poule, cinq semaines plus tôt.

Ils peuvent bien sonner le tocsin, tous, je m'en bats les crampons. Moi, j'y crois. Et Aurélien Rougerie, mon compagnon de chambrée, y croit aussi. En fait, on est quinze à y croire. Et même un peu plus que cela si on compte le staff et les remplaçants. C'est beaucoup et c'est peu à la fois quand il s'agit d'affronter les meilleurs rugbymen du monde, une équipe invaincue depuis quatre ans, un maillot, une couleur, un peuple. Un mythe. Et après ? Dans ma vie de sportif, je sais que je ne pourrai jamais aller plus loin, plus haut. Mais je n'ai pas le vertige. Je suis prêt au sacrifice. Tellement prêt qu'en cette soirée du 22 octobre, dans ma chambre du Crowne Plaza d'Auckland, je ne pense pas vraiment au défi qui m'attend le lendemain. Il y a bien quelque chose qui m'occupe l'esprit. Mais ce ne sont pas les All Blacks.

En fait de chambre, il s'agit plutôt d'une suite : moquette gris perle, sofas moelleux, larges baies vitrées ouvrant sur une enfilade de buildings. Un vrai havre de paix pour businessman au cœur de la capitale économique de la Nouvelle-Zélande. Il doit être 22 heures, peut-être un peu plus. J'ai éteint la télé, fermé mon ordinateur. J'aime bien cette ambiance de recueillement. Il n'y a que le silence et la lumière tamisée d'une lampe de chevet. Tout est calme. Moi-même, je suis étonnamment calme.

Ce n'est pas le cas d'Aurélien, mon pote Roro, que je côtoie depuis sept ans chez les Bleus mais que j'ai appris à connaître durant cette Coupe du Monde. À travers la porte entrebâillée du salon, je l'entends livrer bataille avec le sommeil, rêvant sans doute à son futur face-à-face avec le redoutable Ma'a Nonu. Il tourne et se retourne dans son lit. Le mien est encore impeccablement fait. Je n'ai pas envie de dormir. Pas avant d'avoir envoyé mon précieux message. Pas avant d'avoir trouvé les mots pour le dire.

Je fais les cent pas sur la moquette grise, mon vieux BlackBerry à la main. C'est une antiquité mais il paraît que ces machins-là sont bien plus pratiques que les autres téléphones, pour taper du texte. Avec moi, ça ne marche pas. Ça fait déjà une demi-heure que je sèche. Ce n'est pas le vocabulaire qui me manque, c'est la pudeur qui m'étreint. Parfois, j'ai l'impression que même un pied-de-biche ne parviendrait pas à m'entrouvrir le cœur. Souvent les gens m'en font la remarque : « Tu es un vrai mur, toi, tu ne montres rien de tes émotions… » Enfant, déjà, on me le balançait à la figure. Pourtant, je vous jure que, derrière le mur, ça bouillonne. Mais quand il faut exprimer ses sentiments, rideau. La digue ne laisse rien passer.

Ce soir, j'ai choisi de forcer ma nature. En réalité, je n'ai pas vraiment choisi, c'est le poids de l'événement qui m'y a contraint. Demain, je pars au combat. Le combat d'une vie. Je sais que le parallèle est un peu ridicule mais je ne peux m'empêcher de penser à ces héros de la Grande Guerre qui, avant de monter au feu, écrivaient des lettres bouleversantes à leurs familles. Toute révérence gardée, j'aimerais que mes mots résonnent avec la même force, le même parfum d'éternité. Je n'ai jamais su confier aux miens à quel point ils me sont chers. Et là, maintenant, tout de suite, à l'autre bout du monde, j'ai besoin de le hurler.

Un grincement de sommier met fin à ma méditation. C'est Aurélien qui vient de plaquer Ma'a Nonu. Qu'est-ce qu'on a rigolé tous les deux, pas plus tard que cet après-midi, quand il a fallu mettre au point notre riposte au fameux haka des All Blacks ! Une sorte de fou rire nerveux, car l'on sait que nos adversaires vont considérer ce V de la victoire comme une provocation insupportable. Sûr que ça va les mettre dans une colère noire. Mais il est hors de question de se laisser dévorer par leurs regards exorbités et de rester impuissants devant leur ballet macabre. On les respecte, on ne les vénère pas.

C'est moins le V de la victoire qui risque de leur déplaire que le fait de le former en se tenant par la main et en marchant dans leur direction. On connaît la signification de ce geste dans la culture néo-zélandaise. C'est un Maori qui nous l'a soufflée, quelques jours plus tôt, avec des tremblements dans la voix. Quand une tribu effectue son haka, il ne faut jamais s'avancer vers elle. Jamais. Ou, alors, c'est une déclaration de guerre. Ça tombe bien. C'est le message qu'on veut leur faire passer.

En attendant, il a fallu répéter notre petite chorégraphie en cachette, dans un salon de l'hôtel, et c'est là que c'est parti dans le grand n'importe quoi. « Allez les filles ! Donnez-vous la main… », « Thierry, c'est toi qui es au milieu, tu donnes le tempo », « Putain, les mecs, c'est pas un V ça, c'est un U, et encore, en alphabet grec… » Une kermesse de fin d'année avec des bambins de cent kilos. La scène avait quelque chose d'absurde quand on connaît la solennité quasi mystique du haka et les frissons qui vous parcourent l'échine durant cette poignée de secondes interminables. Mais ce défouloir collectif nous a fait du bien. Seuls contre tous, on s'est serrés encore un peu plus. Au fond, ce V sans queue ni tête est à l'image de la douce folie qui règne dans l'équipe depuis trois semaines. Depuis que nous avons renversé la table et pris notre destin en main.

Que c'est dur d'être doux. Je n'ai pas le mode d'emploi. Cela fait près d'une heure que les prénoms de mes proches miroitent sur mon écran. Il y a

Jean-Pierre et Françoise, ces chers parents tombés du ciel, Céline, Sophie, Estelle, mes grandes sœurs qui n'auraient jamais dû l'être et dont je suis si fier, et Magali, ma femme, mon ange, ma boussole. Et maintenant, tous les mots qui me tombent sous les doigts me paraissent trop fades, trop vagues, trop alambiqués. J'aimerais les couvrir de tendresse et de gratitude mais, quand je me relis, ça tombe à plat. Je tape, j'efface, je tâtonne. Toute ma vie, j'ai refoulé mes sentiments et, d'un coup d'un seul, j'ai l'impression qu'ils m'ensevelissent comme un torrent sortant de son lit. Je ne sais par où commencer ni par où finir. Je n'ai pas assez de lettres sur mon clavier pour exprimer ce que je ressens. Pourquoi ne leur ai-je rien dit plus tôt ? La première fois que j'ai été sélectionné en équipe de France, en 2004, j'ai offert mon maillot bleu à Françoise et j'ai aperçu une larme au coin de ses yeux. Mais je n'ai rien dit. En 2010, quand nous avons réalisé le Grand Chelem aux dépens des Anglais, je les ai tous invités à Paris et ça a été la fête pendant deux jours. Mais je n'ai rien dit. Le mur. Ce maudit mur, encore et toujours. Même avec les miens. Surtout avec les miens.

Il n'y a pas que l'histoire du haka. Il n'y a pas que ces démêlés nocturnes avec mon téléphone et mes inhibitions. Depuis le premier jour, cette Coupe du Monde ressemble à une sorte de feuilleton aux rebondissements aussi improbables que la trajectoire d'un ballon ovale. Et pourtant, rien ne laissait prévoir un tel scénario. On s'est préparés physiquement comme des damnés, la troupe est composée de briscards revenus de toutes les batailles, il n'y a pas d'inimitié particulière ni de clan au sein de l'équipe, bref tous les signaux semblaient au vert. N'empêche, nos quatre premiers matchs ont fait *pschitt*... Mais pas le *pschitt* du magnum millésimé qu'on réserve pour les soirs de grande conquête, non, le *pschitt* foireux de la bonne vieille bouteille de mousseux qu'on sort du frigo faute de mieux, avec gueule de bois garantie.

Notre premier succès, 47-21, face à des Japonais virevoltants mais laminés par notre puissance physique, n'a convaincu personne. Idem pour la victoire, 46-19, face aux Canadiens qui, eux, n'ont pas pour habitude de faire des ronds de jambe. Le score est flatteur car les bûcherons d'en face nous sont copieusement rentrés dans le buffet, et il a fallu attendre les trois dernières minutes du match pour que notre ailier Vincent Clerc inscrive un doublé. À ce moment-là, l'ambiance qui nous entoure est déjà frelatée. Depuis plusieurs semaines, un journaliste du *Parisien*, toujours le même, ne pose qu'une seule question au sélectionneur Lièvremont, toujours la même : « Et sinon, Marc, tu penses encore que la France peut être championne du monde ? » À chaque conférence de presse, sa moue rigolarde s'accentue et les rides de notre sélectionneur se creusent. La fin du sketch a fait les grandes heures du zapping. Une fois de plus, une fois de trop, le type au calepin a dégainé sa vanne et, là, Lièvremont a pété les plombs en Mondovision : « Tu m'emmerdes avec ta question ! Tu m'entends : tu m'emmerdes ! Elle est tordue, ta question ! » Sur ce coup, on a plutôt bien aimé sa réaction. Sur ce coup.

Pour ne rien arranger, entre nos deux victoires poussives face au Japon et au Canada, il a fallu qu'on se farcisse une première fois les Blacks dans le choc au sommet de la poule A. De loin notre meilleur match de la phase qualificative avec deux essais de Maxime Mermoz et François Trinh-Duc, et quelques beaux tampons sur Richie McCaw, l'emblématique capitaine néo-zélandais. Bon, à la sortie, on en a quand même pris quarante, 37-17 pour être précis, mais avec les Blacks, c'est le tarif. Même quand on décroche un rabais.

Au soir de cette défaite, j'ai retrouvé Vincent Krischer, notre analyste vidéo, dans un coin discret de notre hôtel. On a appris à se méfier car il paraît qu'en Nouvelle-Zélande les méthodes des tabloïds sont pires qu'en Angleterre. Bref, Vincent a sorti son paquet de cigarettes et, comme on le fait depuis le début de la compétition, on a tiré quelques bouffées en refaisant le monde. Encore un truc de fou, ce rituel. Je ne suis pas fumeur, j'ai toujours détesté ça, mais l'espace de deux mois, j'ai savouré ma petite clope du soir avec délectation. Je suis même sûr que ça m'a fait plus de bien que de mal. L'éloignement, la fatigue, les critiques pesaient chaque jour un peu plus. Tout le monde commençait à avoir les nerfs en pelote. Avec Vincent, ça nous a permis de relâcher la soupape. Je me souviens que ce soir-là, avant de remonter dans nos chambres, on s'est dit que si on devait recroiser les Blacks, désormais, ça ne pouvait être qu'en finale. Et que, ce coup-ci, on leur montrerait qui c'est Raoul ! Là-dessus, on a éclaté de rire tellement, nous-mêmes, on avait du mal à y croire.

Hier, *L'Équipe* a publié un numéro spécial à l'occasion de la finale de la Coupe du Monde. Avec le décalage, on l'a découvert ce matin en prenant notre petit déjeuner. Il y a une page qui nous a vraiment réjouis, c'est celle où l'on voit les portraits d'enfance de chaque joueur juxtaposés comme une composition d'équipe. Les journalistes ont dû bien galérer pour mettre la main sur tous ces clichés datant de 1987, année de la finale de la première Coupe du Monde, déjà en Nouvelle-Zélande, déjà un France-All Blacks. À l'époque, le plus vieux d'entre nous avait onze ans. C'est Lionel Nallet, alias Naluche, mon comparse de deuxième ligne, mon grand frère protecteur à Bourgoin-Jallieu lors de mes débuts en équipe première. On s'est bien foutus de lui en découvrant sa bouille d'enfant sage sous ses boucles châtaines. On s'est tous bien foutu de nous : celui-ci avec son béret, celui-là avec ses binocles… J'y ai eu droit comme les autres et ça m'a amusé. Enfin, pas seulement. J'ai contemplé la tête que j'avais à six ans, ma tête de Petit Chose, et les souvenirs me sont remontés d'un coup. L'école primaire de la rue Marion, à Vernaison, près de Lyon, la classe de Mme Seyer, les odeurs de craie et de cantine. Et ce garçon pas plus haut que moi qui, pour se donner des airs de grand, avait lancé « Fils de pute ! » à la récréation. Mon premier nez cassé.

France-Tonga, dernier match de poule, au Westpac Stadium de Wellington. Le début de la fin. Ou réciproquement. Alors que la seule question était de savoir si on allait, enfin, s'imposer avec la manière, les joueurs de l'île du Pacifique – cent mille habitants – ont laissé leur cœur sur la pelouse pour l'emporter, 19-14. L'une des pires humiliations du rugby français. C'est même un miracle qu'on se soit qualifiés grâce à Vincent Clerc qui a inscrit un essai à la dernière minute nous permettant de décrocher un point de bonus défensif et de souffler la deuxième place de la poule à nos adversaires du jour. Jamais, dans toute l'histoire de la Coupe du Monde, une équipe n'a réussi à accéder aux quarts de finale après deux défaites dans la première phase. Nous, si. Méchant titre de gloire.

Bien sûr, nos censeurs s'en sont donné à cœur joie. Mais plus que la volée de bois vert des journalistes ou les piques de Lièvremont, c'est la désillusion des dix mille supporters français qui m'a sauté au visage. Des passionnés, des provinciaux, des gens simples qui s'étaient saignés pour s'offrir deux ou trois semaines à vingt mille kilomètres de chez eux, et qui pleuraient leur amertume. En sortant des vestiaires, j'ai croisé leurs regards perdus, leurs maquillages bleu-blanc-rouge délavés par les larmes qui les faisaient ressembler à des clowns tristes. J'ai éprouvé un sentiment de trahison à leur égard.

Je crois que c'est à cet instant précis que tout a basculé. En tout cas, pour moi. Jusque-là, de match moyen en match pas terrible, on s'était laissés vivre, ballottés par notre destin. Le staff s'occupait de tout et, nous, on ne se préoccupait de rien ou de si peu. Spectateurs de nous-mêmes. Choyés, briefés, surbriefés. Il y avait un spécialiste du jeu d'avant, un spécialiste du jeu de trois-quarts, un spécialiste du jeu au pied, des experts de tout, partout, et on se satisfaisait de réciter la leçon comme des automates. Sauf un électrochoc, la fin de l'aventure semblait inéluctable. Déjà, les Anglais multipliaient les coups de menton dans les journaux à l'idée de nous retrouver en quart de finale. Mes amis les Anglais, toujours là, pour jouer les maîtres d'école.

Au lendemain de cette baffe historique, une réception à l'ambassade de France à Wellington nous attendait. Franchement, on aurait préféré se pendre que d'aller à ce genre de sauterie. Dans le bus, tout le monde tirait la gueule. Mais à la surprise générale, l'ambassadeur, en bon diplomate, a su trouver les arguments pour détendre l'atmosphère. Une tournée de blanc. Puis, une deuxième, une troisième... Nos mines d'enterrement ont commencé à s'éclairer. Dans la mêlée, près du buffet, les langues se sont déliées, les non-dits se sont fissurés. « C'est de notre faute... », « On en rêvait de cette Coupe du Monde et elle va se terminer avant d'avoir commencé... », « Sur les touches adverses, il faut qu'on change de système... » L'amorce d'un sursaut d'orgueil. Les prémices d'une remise en question que nous réfutions depuis des semaines et qui surgissait là, à l'improviste, en costard, entre deux tranches de saucisson et une bouteille de chardonnay.

Je suis allé trouver Gonzalo Quesada, l'entraîneur

des lignes arrière, pour lui dire qu'un déclic était peut-être en train de se produire. Qu'il fallait prolonger ce moment, prolonger la fête.

« J'ai envie d'organiser un truc en rentrant à l'hôtel.

– Bonne idée, mais tu en parles d'abord à Titi.»

Dusautoir m'a donné son feu vert et c'est comme ça que je me suis retrouvé micro en main dans le bus qui quittait l'ambassade. J'ai donné rendez-vous à tout le monde, une heure plus tard, dans le grand salon qui nous servait de QG, au dernier étage de notre hôtel. « Tenue obligatoire : chemise, cravate, short et tongs ! » Ça m'est venu comme ça, j'étais un peu gai, exalté par la situation, j'aurais pu dire tout le monde à poil ou en panoplie de ski, c'était pareil. Au premier rang, Lièvremont semblait un peu abasourdi. Je ne l'avais même pas mis au courant de mon initiative.

Ce qui s'est passé ensuite ressemble à une troisième mi-temps classique, sauf que là il n'y avait pas eu les deux premières et qu'on a commencé à descendre le bar à l'heure où les Anglais devaient entamer leur séance de musculation. On a picolé non-stop de 14 heures à je ne sais plus quand parce que je n'étais plus très clair et je ne me souviens pas de la fin de la soirée. En revanche, je me rappelle que Dimitri Szarzewski et Imanol Harinordoquy ont sorti les guitares et qu'on s'est mis à brailler sur « Bamboleo » et « Jobi Joba ». Et qu'au bout d'une heure ou deux, Lièvremont et ses adjoints, qui avaient sportivement joué le jeu, se sont éclipsés pour nous laisser entre nous. Et aussi que, plus l'après-midi avançait, plus on se resserrait, et que quand l'un de nous a eu l'idée de faire des mêlées, l'une des cloisons du salon a explosé sous la charge du pack. Le canapé, aussi, ruiné. Après la bière, on est passés à la vodka et, après la vodka, au whisky. À un moment il n'y a plus rien eu à boire, même à la cave, et le barman est allé voir son manager pour lui dire qu'il n'osait pas monter au dernier étage car il avait peur de se faire lyncher. Mais ça, on me l'a raconté parce que j'étais déjà en train de cuver. Sinon, on a beaucoup parlé.

Le lendemain matin, on a quitté Wellington pour Auckland. Rendez-vous était fixé au pied de l'hôtel, en tenue officielle de l'équipe de France, avec le blazer frappé du coq. Je n'étais pas frais. Cinq minutes avant le départ de la délégation, j'avais eu la surprise de me réveiller sapé comme un milord alors que je m'étais endormi en noceur d'Ibiza. Mes affaires étaient prêtes, parfaitement pliées dans mon sac posé au pied de mon lit. J'avais beau avoir les neurones ankylosés, j'en ai conclu que pour m'éviter une forte amende Aurélien Rougerie m'avait habillé de pied en cap durant mon sommeil. Rien qu'à ce geste, on pouvait en déduire que, cette fois, l'Histoire était en marche.

Quelle heure est-il en France ? Ici, il sera bientôt minuit. Au-dessus des buildings, les étoiles tapissent la nuit d'Auckland. Habituellement, je n'aime pas l'obscurité – j'ai toujours peur qu'*ils* viennent me chercher, j'ai toujours peur qu'*ils* me renvoient *là-bas* – mais, pour une fois, j'aurais presque envie d'embrasser le ciel. Je me suis accoudé à la fenêtre pendant que mon téléphone se rechargeait et l'idée était là, chatoyant dans le noir… Je sais ce que je vais leur dire. Je vais leur parler des étoiles. La mienne n'aurait jamais dû briller. Elle était morte avant que je sois né. Et pourtant, en cette veille de finale, dans la nuit des nuits, c'est elle qui scintille au firmament. Je leur dois tout. L'enfant qui a survécu, l'homme que je suis devenu, le rugbyman qui, demain, peut-être, va inscrire son nom dans l'Histoire. Tout.

On a raconté beaucoup de choses sur ce qui s'était tramé au sein du XV de France à l'issue de la déroute face au Tonga. Certains ont parlé de putsch, d'autres d'autogestion. C'est très exagéré. Disons que Lièvremont avait deux trousseaux de clés et qu'on lui en a chipé un. Ce qui est sûr, en revanche, c'est que la cuite collective de Wellington nous a servi de catharsis. Les premiers effets s'en sont fait sentir dès notre arrivée à Auckland. À peine descendus du bus et de nos brumes, il a fallu se rendre à l'entraînement. Et là, sous les yeux médusés du staff, le troupeau d'agneaux s'est métamorphosé en une meute de loups affamés. Au footing, on a recraché des litres d'alcool par tous les pores de notre peau et la séance de jeu en opposition a accouché d'un affrontement à balles réelles. Ce jour-là, la déflagration des placages a dû résonner jusqu'au beau milieu de l'océan Pacifique.

Rien n'avait changé et, cependant, tout avait changé. Lors des séances de vidéo, le sélectionneur trônait toujours à son pupitre mais il n'était plus le seul dépositaire du savoir-jouer. Julien Bonnaire a mis son grain de sel sur l'organisation des touches, Thierry Dusautoir a posé sa main sur la défense, d'autres voix se sont élevées et, comme par miracle, notre implication s'en est trouvée multipliée par quinze, à l'entraînement comme en match. C'est drôle, parce que la plupart des équipes de France que j'ai connues avaient beaucoup plus de talent que celle-ci, mais aucune ne m'a emmené aussi haut. En même temps, je n'ai jamais vu autant de types de caractère, voire de caractériels tout court, réunis sous le même maillot…

Une semaine après avoir déprimé nos supporters, nous avons fait pleurer les bookmakers. Alors que tout le monde nous voyait rentrer au pays avec le goudron et les plumes, nous avons survolé le quart de finale face aux Anglais, 19-12. On les a battus comme ils nous battent si souvent, à l'anglaise, de manière méthodique et implacable. Après avoir tiré les premiers avec deux essais de Vincent Clerc et Maxime Médard, nous avons laissé Jonny Wilkinson courir en vain derrière le score. Franchement, on n'a pas tremblé une seconde. En demi-finale, contre les Gallois, on a d'abord cru que l'histoire allait se répéter. Dès le début du match, leur leader, Sam Warburton, a écopé d'un carton rouge pour placage dangereux, et l'on s'est dit que le match était plié. Erreur. En infériorité numérique, transcendés par ce qu'ils considéraient comme une injustice, les Gallois ont mis le feu au terrain pour venir mourir sur nos talons, 9-8. Un petit point d'écart, mais quel point…

Bon, là, normalement, les quelques jours qui nous séparaient de la finale contre les All Blacks n'auraient dû être que travail et concentration. Mais non. Au lendemain de notre victoire contre les Gallois, Lièvremont n'a pas pu se retenir. En conférence de presse, il nous a traités de « sales gosses » en référence aux cinq joueurs qui s'étaient livrés à une visite d'Auckland *by night* pour célébrer notre qualification. Des mecs qui ne figuraient plus sur les feuilles de match depuis un mois et qui n'avaient aucune chance de jouer la finale. Les remplaçants des remplaçants. Au lieu de se défausser sur eux, on l'a tous pris pour nous. Et la cassure avec Lièvremont est devenue irrévocable. La dernière image que je garde de lui, c'est son visage grognon quand il a voulu justifier son coup d'éclat : « J'avais besoin de le dire… » Thierry Dusautoir s'est levé et l'a fixé avec ses yeux d'encre. « Et nous, on a le droit de répéter aux journalistes ce qu'on pense de toi ? »

Amour, du verbe « aimer ». Je ne sais pas où se cachait ce mot, il devait être prostré dans un recoin de mon enfance, mais j'ai fini par le débusquer. Oubliées les étoiles. J'ai écrit : « Je vous aime », j'ai osé et, soudain, toutes mes pensées se sont alignées fortes et droites comme une équipe de rugby à la sortie des vestiaires. C'était beau, touchant, débordant de reconnaissance. C'était exactement ce que je voulais leur dire. Avec des gestes lents, je me suis déshabillé, j'ai enfin défait mon lit. Puis je me suis glissé sous les draps et j'ai relu une dernière fois mon message. Je l'ai envoyé dans la nuit du bout du monde. Et je me suis endormi comme un bébé.

*
* *

« Kapa o pango kia whakawhenua. » Ça y est, c'est l'heure. L'heure du haka. On forme notre V et un murmure d'effroi s'élève dans l'Eden Park. Je fixe Piri Weepu, le demi de mêlée maori qui semble se

perdre dans ses incantations. Le coup d'envoi n'a pas été donné mais le match a déjà commencé.

« *Ko Aotearoa e ngunguru nei* », « c'est notre terre qui gronde ». Je veux, oui ! Une heure qu'on leur rend coup pour coup. Dans tous les sens du terme. À deux reprises, je me suis payé ce poison de McCaw qui nous empêchait de sortir le ballon d'un regroupement. J'ai senti mon genou qui s'enfonçait dans ses côtes, je lui ai balancé une béquille à tétaniser un bœuf. L'icône des Blacks n'a pas moufté. N'empêche, quand on leur rentre dans le lard, les All Blacks redeviennent presque des joueurs comme les autres. Le pilier Woodcock nous a marqué un essai tout pourri en début de match sur une erreur d'inattention. Depuis, on ne voit que du blanc. Titi Dusautoir a conclu une relance qui a balayé tout le terrain, 8-7. Ils sentent notre souffle, l'exploit est à portée de main. Le premier qui marque a gagné.

« *Ka tu te wanawana* », « Et notre règne triomphera. » Oh ! Doucement, les gars… Trente secondes à jouer. On campe dans leur camp, on ne lâche plus le ballon. Il suffit d'un drop ou d'une pénalité. La voilà ! Sous les yeux de l'arbitre, McCaw s'est couché dans la mêlée en position de hors-jeu. Tout le monde l'a vu. Je l'ai vu, le stade l'a vu, la planète entière l'a vu. Mais pas ce cher M. Joubert.

Voilà, c'est fini. Nos adversaires exultent, l'arbitre regagne son vestiaire tête basse. Vautré sur la pelouse, je ne sais pas s'il faut en rire ou en pleurer. Je regarde McCaw qui retire son maillot noir et découvre sa peau marbrée d'hématomes et de traces de crampons. Rien que pour la bravoure de leur capitaine, les All Blacks méritent leur titre. C'est bizarre parce que je m'étais fait toute une montagne de ce moment-là. Il y a encore deux heures, je me disais qu'au coup de sifflet final je serais champion du monde ou rien. À la vie, à la mort. Mais non. Je ne suis pas champion du monde, je ne le serai jamais. Je suis dégoûté, vidé, rincé. Toutefois ce n'est pas la mort. Au coup de sifflet final, je n'ai pas vu ma vie défiler. Ça, c'était hier soir. Quand je l'ai retournée dans tous les sens pour décrocher les mots tabous.

Maintenant, je veux rentrer à la maison. Je veux retrouver les miens. Les embrasser, les enlacer, les étreindre sans rien dire. Qu'importe si j'ai la gorge nouée. Désormais, ils savent.

– 2 –

La tête contre les murs

Je n'ai jamais connu mon père. Ma mère, très peu. Mais c'est déjà trop. Je n'étais encore qu'un nourrisson le jour où les policiers ont défoncé la porte de notre appartement lyonnais pour faire cesser mes cris et mettre un terme à mon calvaire. J'avais trois mois, peut-être quatre, je ne sais pas exactement, je n'ai jamais voulu savoir. J'étais seul dans mon couffin, ma mère avait disparu depuis plusieurs jours, ce sont les voisins qui avaient fini par appeler les flics. Le médecin de la DASS m'a diagnostiqué une hernie abdominale, sans doute causée par mes hurlements ou encore par la malnutrition. Il paraît que j'étais couvert de boutons, que je toussais du matin au soir et que je n'avais jamais été vacciné contre quoi que ce soit. À la limite, je ne m'en tirais pas trop mal. Mieux que les deux enfants que Josette Bardon*, ma mère biologique, avait cru bon de mettre au monde auparavant.

Je ne lui en veux même pas. En tout cas, beaucoup moins qu'à d'autres. Au fond, cette dame – c'est comme ça que, tout jeune, je me suis résolu à l'appeler – s'apparentait plus à une victime qu'à un bourreau. Sa descente aux enfers remontait probablement à une maladie infantile qui avait causé chez elle des séquelles neurologiques. Elle s'exprimait avec peine, ce qui ne l'empêchait pas de s'engueuler avec tout le monde quand elle était ivre. Sans travail ni ressources, elle collectionnait les amants d'une heure ou d'un soir, errait de son studio miteux du quartier des États-Unis au Vinatier, le grand hôpital psychiatrique de Lyon, qui jouxte la cité. Là-bas, on l'assommait

* Pour des raisons de confidentialité, les noms ont été changés.

de médicaments et on la relâchait dans la nature. Jusqu'à la prochaine rixe. Jusqu'à la dinguerie suivante.

Avant moi, elle avait eu un premier fils qu'un homme de passage assassina en le défenestrant du premier étage parce que les pleurs du gamin lui tapaient sur les nerfs. Quelques années plus tard, un autre enfant était né, une fille qui, par chance, survécut à ce chaos sans pour autant en sortir indemne. Je ne connais pas précisément l'âge qu'elle avait quand l'Assistance publique décida de la retirer à sa mère, mais les dégâts étaient déjà irrémédiables. Une maladie proche de la débilité mentale, à ce que j'en sais.

Voilà le doux berceau que les fées avaient choisi pour moi. À elles, je leur en veux ! Et aussi à tous ces médecins, tous ces travailleurs sociaux qui connaissaient parfaitement le pedigree de cette pauvre femme, son incapacité à protéger ses enfants et à se protéger d'elle-même, mais qui ont laissé les voisins et les flics faire le boulot à leur place. Ensuite, en revanche, ces abrutis ne m'ont plus lâché. « Tu sais, Pascal, que ta situation n'est pas tout à fait normale par rapport aux autres enfants… » Oui, oui, c'est bon, je sais, je suis même le mieux placé pour le savoir. Ils m'ont harcelé jusqu'à l'adolescence pour que je visite, une fois par mois, cette inconnue dont les « absences » avaient failli me coûter la vie. C'est à cause d'eux et de ces rendez-vous glaçants que je me relève la nuit, encore aujourd'hui.

Le peu de choses que je connais d'elle, ses racines italiennes, son père coiffeur qui lui avait légué son petit appartement du quartier des États-Unis, son dénuement psychologique et matériel, je l'ai appris par mon autre mère, la Vraie. « Ce n'est pas sa faute », me répétait-elle souvent. Il m'arrivait aussi de laisser traîner mes oreilles lorsque Françoise Papé m'accompagnait chez les assistantes sociales et qu'on la prenait à part pour l'informer des récents faits d'armes de celle qui m'avait mis au monde ou encore du mystère insondable de ma filiation. C'est ainsi, entre deux portes, que j'ai entendu dire que mon père biologique aurait pu appartenir à un cirque qui stationnait, tous les ans, en lisière de la cité. Les dates semblaient correspondre, on avait vu Josette Bardon zoner par là-bas, enfin, bref, je m'en fous, j'avais cinq ou six ans quand je me suis pris cette bribe de conversation en pleine tête, ça m'a suffi pour le restant de ma vie. Je n'ai jamais rien demandé, je n'ai jamais voulu démêler le vrai du faux, pourquoi j'aurais voulu aller plus loin puisque cette famille de sang n'avait jamais été la mienne ? Le pire, c'est que je m'en souviens très bien, de ce putain de cirque. Il venait d'Europe de l'Est et j'ai souvent aperçu son chapiteau bariolé quand je devais retourner au quartier pour une séance avec le psy ou l'un de ces face-à-face mortels avec ma génitrice. À la limite, je peux toujours me dire que si j'ai hérité de mon gabarit imposant, vu que Josette Bardon mesurait dans les 1,60 mètre, c'est à ce type que je le dois. Sûrement un acrobate ou une sorte de Monsieur Muscles.

Trente ans plus tard, je n'en sais pas davantage sur mes origines. Ce n'est pas mon problème. Ça ne l'a jamais été. Porter le nom de Bardon jusqu'à ma majorité alors que mes parents s'appelaient Papé, là, d'accord, ça m'a bien pris la tête. Mais savoir si j'étais la progéniture d'un forain de passage ou du fleuriste du coin, je ne vois pas en quoi ça aurait transformé ma vie. Et même si, demain, un homme venait sonner chez moi en me disant qu'il est mon père, je suis sûr que ça me ferait plus de mal que de bien. Je l'enverrais passer son test ADN et je prierais pour ne plus jamais le revoir.

Dans ma vie d'adulte, ce passé en pointillé ne m'a rattrapé qu'une seule fois. Au décès de ma mère biologique, en 2005, un notaire m'a convoqué à Lyon pour liquider sa succession. J'ai tout fait pour ne pas y aller. J'ai prétexté que je n'avais pas le temps avec mes deux entraînements par jour. Je lui ai dit que la défunte avait une fille et qu'il pouvait s'adresser à elle, sans me douter que la pauvre était handicapée à ce point – ça, je ne l'ai découvert qu'en la croisant là-bas, puisque le notaire n'a rien voulu savoir. Il m'a donc fallu remettre les pieds dans le quartier des États-Unis, arpenter la cité HLM toujours aussi déglinguée, et pousser la porte de l'appartement de Josette Bardon, au deuxième étage d'un immeuble avec vue imprenable sur le parking. Même sur les terrains de rugby, je n'ai jamais ressenti un tel choc.

L'endroit où le destin m'avait parachuté à la naissance était resté dans son jus de misère. Ça puait la solitude et la débine. Il n'y avait pas un tableau accroché au mur, pas une photo, que des bouteilles d'alcool et des flacons de médicaments pour bibelots. Dans ce studio minuscule, l'armoire à pharmacie semblait occuper toute la place. Sans crier gare, les fantômes se sont mis à danser dans ma tête. J'avais beau prétendre que je m'en foutais, je n'ai pas pu m'empêcher d'imaginer ce qui s'était passé dans ces trente mètres carrés de malheur. Les coups, les cris, les pleurs, les hommes qui défilaient dans le lit de ma mère biologique et qui, la besogne achevée, devaient lui balancer une poignée de billets à la figure.

Ça aussi, je l'avais compris en surprenant une conversation chez l'assistance sociale alors que je n'étais pas bien vieux. Je ne me souviens plus exactement des termes employés, ils doivent être planqués dans un tiroir intime fermé à double tour, mais je n'avais pas eu besoin d'entendre les mots « pute » ou « prostituée » pour en conclure que celle dont je portais le nom subvenait parfois à ses besoins en monnayant son corps. Elle n'arpentait pas le trottoir, je ne pense pas qu'elle avait un mac ou quoi que ce soit, non, c'était de la survie, du donnant-donnant avec des types souvent aussi déjantés qu'elle. Des marginaux qui devaient lui tomber dessus à la sortie de l'hosto ou en venant chercher leur came dans la cité. Pour l'Hercule roumain, si c'est bien lui, j'ignore s'il fut un client comme les autres ou si cette dame en a été amoureuse, ne serait-ce qu'une heure. Ce n'est pas mon histoire.

Je suis resté quatre mois à la DASS de Vénissieux. J'ai été nourri, soigné, vacciné. Puis, par un beau matin du printemps 1981, Jean-Pierre et Françoise Papé se sont penchés sur mon chevet et je suis né une seconde fois. « Tu étais si mignon... », m'a souvent dit ma mère. Ça m'étonnerait. En fait, ça a dû se passer comme à la SPA, on ne pouvait que me prendre en pitié avec ma tête de chien battu. Je ne vais pas répéter, ici, combien je les aime. Je l'ai déjà fait dans la nuit de Nouvelle-Zélande, avec mes maladresses et ma sensibilité à fleur de peau. Ce sont mes parents, un point c'est tout, et ils le savent. Ils m'ont tout donné : l'éducation, la chaleur d'une vraie famille, le goût du sport et de la vie. Ils auraient même pu me faire oublier d'où je venais si tous ces psys et ces assistantes sociales à la noix ne s'étaient pas ligués, durant des années, pour me remettre la tête dans le sac.

Mon père était ouvrier à la raffinerie de Feyzin, ma mère, assistante maternelle. Originaire de Bourgogne, le couple avait exercé divers métiers, pompiste, couturière, avant de se fixer à Vernaison, un gros village d'environ quatre mille habitants, au sud de l'agglomération lyonnaise. Quand je suis tombé du ciel, Jean-Pierre et Françoise Papé avaient déjà trois filles – Céline, dix ans, Sophie, neuf ans et Estelle, quatre ans – qui, d'emblée, m'ont cajolé comme le petit frère qu'elles n'avaient jamais eu. Nous habitions dans un petit immeuble HLM qui n'avait pas grand-chose à voir avec les paquebots de béton du quartier des États-Unis. Puis, vers mes sept, huit ans, nous avons déménagé pour un pavillon orné d'un bout de pelouse, à la sortie du village. Un carré de bonheur modeste et radieux. Le rêve d'une vie pour mes parents.

Outre sa famille, je n'ai connu que deux amours à mon père : le sport et le Parti communiste. Sur ce plan, je lui ressemble. Même si ce n'est pas la vogue dans l'univers du rugby professionnel, j'ai toujours affiché sans complexe ma sensibilité de gauche jusqu'à faire partie du comité de soutien à la candidature de François Hollande en 2012. Pour le reste, mes souvenirs de l'époque ont la beauté incomparable d'une enfance ordinaire. Je me souviens de mon père qui me faisait partager sa lecture de *L'Équipe* du lundi et des discussions interminables qui s'ensuivaient sur les matchs de la veille. Il ne l'achetait pas tous les jours, il n'en avait pas les moyens, mais l'édition du lundi était sacrée avec tous ses comptes rendus de foot et de rugby. Je nous revois, mes sœurs et moi, en train de réviser nos leçons sur la table de la cuisine pendant que ma mère préparait le repas du soir. J'adorais ce moment et la bonne odeur de soupe qui, souvent, m'empêchait de me concentrer. J'étais tellement plus fort avec mes soldats de plomb qu'avec mes cahiers d'écolier… J'avais disposé mes armées derrière le canapé du salon. Je mimais le bruit des avions qui décollent, le vacarme des canons et des bombes jusqu'à ce que le commandant en chef de ma division exige une trêve. « Dis, donc, Pascal, tu vas nous laisser écouter la télé ? » Mes parents avaient le cœur bien plus profond que le portefeuille, mais je n'ai jamais manqué de rien. Il y avait toujours une pièce de 10 francs pour s'offrir un tour de manège ou se payer une glace. Chaque été, nous partions en camping pendant quinze jours. On traversait la France pour planter notre tente le long du bassin d'Arcachon. Ensuite, on est passé au *mobil-home*, c'était grand luxe. Toute l'année, nous attendions ce moment. Surtout moi. Dans la vieille Renault 18 qui lambinait sur l'autoroute, je comptais et je recomptais chaque kilomètre qui me séparait de Lyon. Et je me disais que les gens qui me voulaient du mal ne viendraient jamais me chercher si loin.

D'après ce qu'ils m'ont raconté, mes parents souhaitaient depuis toujours avoir un fils. Ça n'avait pas marché, je ne sais pas pourquoi, heureusement pour moi, d'ailleurs. Quelque temps avant mon arrivée, ils avaient failli en avoir un, un petit garçon que la DASS avait déjà placé chez eux. Mais, au bout de trois mois, la situation familiale du gamin s'était améliorée et il était reparti vivre chez sa mère. Je n'ai pas mis longtemps à comprendre qu'il me faudrait grandir avec cette épée de Damoclès au-dessus de la tête. Le sort de Josette Bardon m'importait peu, ce n'était pas la question. Mais, jusqu'à mon adolescence, j'ai vécu dans la hantise que, pour elle aussi, la situation s'améliore. Je crois que j'aurais été capable du pire. Partir seul sur la route, me laisser mourir. N'importe quoi plutôt que de retourner *là-bas*.

Pour calmer mes angoisses, il n'y avait que ma mère. Elle partageait sans doute mes craintes mais elle s'efforçait de ne pas le montrer. J'aimais la sentir à mes côtés. Avec elle, j'avais moins peur. Je me souviens de ses mots pour conjurer la malédiction. Je la revois, assise sur le rebord de mon lit, sa main posée sur mon front humide : « Ne t'inquiète pas, ça n'arrivera jamais. S'il le faut, on s'enfuira tous les deux… » Je me forçais un peu pour y croire, mais ça me donnait du courage. Je pouvais enfin chasser mes démons. Jusqu'à la nuit suivante.

Durant toutes ces années, ma vie a été scindée en deux. Le jour, j'étais « Calou », le surnom que m'avaient donné mes sœurs, un petit garçon presque comme les autres, même si son patronyme résonnait bizarrement aux oreilles extérieures. Mais dès que le soir pointait, Pascal Bardon reprenait le dessus. Le cauchemar était là, tapi dans le noir, toujours le même, qui s'avançait à pas feutrés. Je connaissais ses habitudes, ses contours et son odeur de sueur froide. Il n'est jamais sorti de ma mémoire. Je vis toujours avec.

J'ai cinq ans, je ne dors pas. J'épie le silence. J'ai l'impression que j'entendrais une feuille tomber de son arbre, c'est fou comme la nuit le moindre souffle de vent prend un écho démesuré. Tout est calme, trop calme. Je lutte contre le sommeil qui engourdit mes sens. Je préfère encore sentir mon ventre qui se tord, mon cœur qui bat si fort. C'est quoi, ce bruit ? Le craquement d'une poutre. Peut-être que je me fais du cinéma ? Peut-être qu'ils ne viendront pas ce soir ? Je ferme les yeux, je glisse lentement. Et toujours ce cœur qui tambourine dans ma poitrine jusqu'à se confondre avec une volée de coups sur la porte d'entrée. Cette fois, c'est sûr, on a frappé ! Je me suis assoupi, ils en ont profité. Maintenant, c'est trop tard. Le vacarme déferle dans l'appartement, transperce mes tympans, mon crâne. Leurs silhouettes s'encadrent dans le couloir, ils brandissent des papiers, ils hurlent, tout le monde hurle, sauf moi qui tremble et qui pleure. L'un d'eux m'attrape par le col et me traîne jusqu'au palier. Il faut que je les suive, c'est marqué sur les papiers. En bas de l'immeuble, une voiture m'attend, moteur en marche. Je m'approche et je distingue le visage d'une femme, assise sur la banquette arrière. « Ta mère est là… », lâche l'autre sbire en me parlant de Josette Bardon.

C'est toujours à cet instant que je me réveille en sursaut. Enfant, je claquais des dents comme si l'on m'avait aspergé d'eau glacée. La plupart du temps, je finissais ma nuit dans le lit d'Estelle. Puis, quand nous avons déménagé et que chacun d'entre nous a eu sa chambre, je prenais ma couette et je partais m'allonger au pied de son matelas. Il me semblait que le son régulier de sa respiration me ranimait doucement.

Le cauchemar ne me lâchait jamais, mais il était encore plus tenace au lendemain de mes visites forcées à Josette Bardon. Les nuits blanches s'enchaînaient. « Il te fallait une bonne semaine pour t'en remettre », me confierait ma mère, bien plus tard. Et m'en suis-je vraiment remis ? À longueur d'années, je devais redoubler d'efforts pour conquérir un minimum d'innocence et de confiance en moi, et le moindre de mes progrès volait en éclats à chacun de ces rendez-vous. Je ne comprendrai jamais l'acharnement des juges, des éducateurs, des psychologues, de tous ces soi-disant experts de l'enfance et de la famille, à vouloir maintenir, coûte que coûte, ce lien empoisonné entre ma mère biologique et moi. J'en ai usé des dizaines par mon mutisme et mon sale caractère. « Non, je ne veux pas y aller… », « Je m'en fous, j'irai, mais je ne dirai rien… » C'est à cette époque que j'ai commencé à construire mon mur. Qu'est-ce qu'ils me voulaient, tous, avec leurs théories à deux balles comme quoi elle ne m'avait pas abandonné, je n'étais pas un enfant adopté, ce serait toujours ma mère, j'en passe et des bien pires… Ils y étaient, eux, dans cet appart de la mort ? Ils voulaient que je leur montre ma hernie qui menaçait encore d'éclater et qui m'a tenaillé jusqu'à ce que je devienne un homme ? Et au nom de quoi j'aurais dû continuer à me coltiner celle qui avait causé involontairement tant de malheurs ? Ils pouvaient bien s'y mettre à plusieurs, ils pouvaient bien me farcir la tête avec leurs préceptes fumeux : Josette Bardon n'était pas, et ne serait jamais plus, un point cardinal de mon existence. Tout, mais pas ça. C'était une vacherie du destin, une erreur de la nature, j'en avais réchappé, et basta.

Je ne vais pas égrener tous les épisodes de ce feuilleton mensuel. Dans mes souvenirs, ils se superposent presque à l'identique : c'était comme un cauchemar, mais dans la vraie vie. L'épreuve, pour moi, débutait dans la voiture de ma mère. J'aurais pu fermer les yeux durant le trajet, je savais exactement où l'on était, le rond-point à la sortie de l'autoroute, l'odeur des merguez sur la place du marché, combien de feux rouges il restait avant que le monde se mette à tourner à l'envers, quand l'assistante sociale appellerait maman, « Françoise », et me dirait sur un ton de bonne sœur : « Assieds-toi là, Pascal, ta mère va arriver. » Parfois, ô miracle, elle n'arrivait pas. Elle s'était bagarrée avec une voisine ou une connerie dans le genre et le juge pour enfants lui avait interdit de me voir pendant trois mois. À d'autres moments, en revanche, elle m'assurait qu'elle avait pris le dessus, qu'on lui proposait un petit boulot dans une association quelconque. « Tout va redevenir normal », me disait-elle avec sa voix pâteuse.

Normal ! Non, mais je rêve… Sinon, la plupart du temps, j'avais l'impression qu'elle n'était là que parce qu'on l'y obligeait, elle aussi. Elle me regardait comme un objet, sans décrocher un mot. J'étais pétrifié sur ma chaise. Après avoir essayé dix fois, vingt fois de lancer la conversation, l'assistante sociale s'était rabattue sur sa grille de mots croisés. Et l'heure s'écoulait ainsi dans cette salle sans âme où gisaient quelques jouets abandonnés. Il ne se passait rien. Rien que le silence et le tic-tac de l'horloge qui semblait remplir toute la pièce.

– 3 –

Un ballon d'oxygène

L'école et moi, ça a toujours fait deux. Un plus un, comme me le serinait Mme Seyer. Sauf qu'à cet âge-là j'avais trop de choses en tête pour que ça rentre. À la maternelle, déjà, j'étais à la traîne. Un peu absent, un peu à part. Je n'étais pas plus bête qu'un autre, mais j'avais vécu des événements qu'aucun enfant ne devrait vivre et cette fatalité me collait au cerveau. Dès les premiers apprentissages, il s'est avéré que j'étais incapable de me concentrer plus de cinq minutes. Mon esprit s'évadait de mon corps, j'étais dans un autre monde, mon monde à moi, peuplé de contraintes et de combats exténuants. Pour me protéger, j'avais dressé des remparts mais ces hauts murs étaient si dissuasifs qu'ils rendaient inaccessibles le pire comme le meilleur. Même la patience de Mme Seyer ne pouvait en venir à bout.

Exploit assez rare, j'ai donc redoublé mon CE1. L'avertissement m'a servi de leçon. Ce n'est pas tant l'humiliation qui m'a poussé à me ressaisir que le ramdam provoqué par cette déconvenue. La colère de mon père, passe encore. Mais ce qui n'aurait dû être qu'un conseil de famille un peu musclé s'est transformé, par le biais de mon statut d'enfant de la DASS, en un véritable conseil de guerre. Mon éducatrice et l'assistante sociale se sont jointes à la fête, décortiquant mon bulletin scolaire comme s'il s'agissait d'un testament de la plus haute importance, et j'ai senti passer le vent du boulet. Il n'aurait plus manqué que l'on décide de me changer d'air… Voilà pourquoi, dès la rentrée suivante, j'ai cessé de me blottir au fond de la classe et de mes tourments, là où ma différence sautait aux yeux. Je me suis appliqué à n'être qu'un élève parmi les autres, moyen, invisible, planqué dans le rang.

Les leçons ne rentraient guère mieux, ça ne m'a pas fait aimer l'école plus que ça, mais j'ai pu poursuivre ma route jusqu'au collège avec le gros du peloton. Ça me faisait déjà un souci en moins.

Évidemment, mes parents n'étaient pour rien dans mes difficultés scolaires. Bien au contraire. Tout le monde m'épaulait. Ma mère m'encourageait sans relâche, Estelle finissait mes devoirs quand elle me sentait en perdition, quant à mon père, il était persuadé que je n'exploitais pas tout mon potentiel. Ah ! Mon père… Je n'avais pas mon pareil pour le pousser à bout. En même temps, avec lui, le bout était assez proche du commencement. S'il devait s'y reprendre à deux fois pour m'expliquer le principe de la soustraction, c'était déjà trop. Il devenait tout rouge, son poing énorme s'écrasait sur la table de la cuisine et son expression favorite résonnait jusque chez le voisin : « Mais quel bourricot, celui-là ! » Au début, ça me vexait. Et puis, à force de répétitions, j'ai fini par en sourire. Intérieurement.

Je n'avais pas intérêt à faire le malin car mon père était le genre d'homme qui impose naturellement le respect. Non seulement c'était une force de la nature – 1,90 mètre pour cent kilos, un colosse à son époque – mais, en outre, il s'était fait tout seul, à la force du poignet. Enfant d'une famille ouvrière de Tournus, en Bourgogne, aîné d'une fratrie de huit enfants, il avait dû quitter l'école vers treize ans pour aller gagner sa croûte chez les paysans du coin, s'occupant du bétail jusqu'à la nuit, dormant dans les étables. Ensuite, il avait bossé comme ouvrier à l'usine d'électroménager Tefal de Tournus. Puis, quand il s'était marié avec Françoise, il avait entamé sa carrière chez Elf tout en bas de l'échelle. Embauché comme pompiste, il avait fini par intégrer le centre de recherche de la raffinerie de Feyzin où il montait et démontait des moteurs à longueur de journées. J'admirais sa dextérité manuelle et son aisance pour solutionner des problèmes mathématiques qui me collaient mal au crâne. « Faut vraiment être un bourricot pour pas comprendre ça ! » Pour sûr, ça moulinait plus vite chez lui que chez moi.

En classe, donc, j'avais mis du plomb dans mon cartable, mais je n'étais pas assez souple pour courber l'échine jusque dans la cour de récréation. Disons que sous mes habits d'écolier ordinaire, l'écorché vif ne dormait que d'un œil. À l'époque, je n'avais que deux copains, Maxime et Jean-Luc, et c'était déjà beaucoup pour moi. Je les avais adoptés d'emblée, à l'instinct. Ils devaient être les seuls qui ne m'avaient jamais demandé pourquoi je m'appelais Bardon alors qu'Estelle, qui fréquentait la même école, s'appelait Papé. Les seuls, encore, à ne pas me dévisager comme une bête curieuse lorsque le surveillant de la cantine faisait l'appel et hurlait mon nom. Enfin, moi, j'ai toujours eu l'impression que les regards me transperçaient et que l'autre idiot prenait un porte-voix à chaque fois que mon tour venait. Certes, j'avais trouvé une parade pour éconduire les importuns : « C'est à cause de mon père, il a oublié de me reconnaître à la naissance… » Mais mes joues empourprées trahissaient mon émoi et annonçaient le malaise qui, trente ans plus tard, me torture encore.

Pas de ça, donc, avec Maxime et Jean-Luc. Je pouvais descendre d'une mère indigne ou de la reine d'Angleterre, ils s'en foutaient. Entre nous, c'était à la vie à la mort, comme ça l'est souvent à cet âge-là. Preuve de cette belle amitié, tandis que je repiquais mon CE1, ils n'avaient pas hésité à redoubler leur

CE2, histoire que l'on ne se perde pas de vue trop longtemps. Enfin, ils ne l'avaient pas vraiment fait exprès, mais c'était tout comme. À la récréation, notre trio s'était forgé une solide réputation dans le business de billes, la grande affaire du moment. Sauf que, qui dit business, dit fatalement embrouille. Il y en avait toujours un pour râler qu'on lui avait refourgué des « mangues torsadées » plutôt que des « fleurs de soleil », ou pire des « bulles de savon » en lieu et place des « œils-de-chat », ce qui était strictement contraire à notre éthique, mais, bon, nous savions nous montrer magnanimes et faire, le cas échéant, un geste commercial. Et si, malgré tout, le ton montait, j'étais capable de rester stoïque devant une volière de noms d'oiseaux. À l'exception d'un seul. Le problème, c'est qu'à cet âge-là, les gamins adorent se le cracher au visage pour se donner des airs de grands. « Fils de pute ! » Eux ne comprenaient même pas ce qu'ils disaient, moi, si, malheureusement. Il ne fallait pas me le répéter deux fois. Dans ces cas-là, mes bonnes résolutions se volatilisaient sur-le-champ. J'avais beau vouloir ne pas me faire remarquer, je ne pouvais pas rester les deux poings enfoncés dans les poches.

C'est comme ça qu'à six ans j'ai cassé le nez d'un élève de Mme Seyer. Par chance, le père semblait plus droit que le pif de son rejeton. Il lui a demandé ce qui s'était passé et il en a conclu qu'il ne l'avait pas volé : « Ça t'apprendra à insulter tes camarades de classe… » Et ça s'est arrêté là. Pour l'occasion. Mais il y en a eu d'autres, tellement d'autres. Entre l'école primaire et le collège, j'ai dû remettre les choses « au poing » une bonne quinzaine de fois. Toujours pour le même motif. Un motif plus que légitime, à mes yeux, ce qui renforçait mon sentiment d'injustice lorsque j'étais le seul à écoper d'un blâme. Cette injure m'était d'autant plus insupportable qu'en mon for intérieur je ne l'ai jamais prise pour Josette Bardon. C'est ma mère qu'on insultait. Ma mère adorée, pas l'autre.

Durant toutes ces années, ma punition la plus cruelle a été infligée par mon père lorsque j'étais en sixième. J'avais quitté l'école de Vernaison pour suivre Estelle au collège des Chassagnes, à Oullins, une institution privée réputée pour sa rigueur. Pour nous y rendre, nous prenions le bus qui s'arrêtait à cent mètres de la maison, mais là, comme j'avais été collé un samedi, c'est mon père qui m'a accompagné. Mauvaise pioche. Devant les grilles, on est tombés nez à nez avec la surveillante générale, celle-là même qui m'avait puni et qui ne pouvait pas me saquer. « Ah ! Monsieur Papé, ça tombe bien, je voulais vous voir… » Cette vieille pie m'a taillé en pièces. Et plus elle énumérait mes insuffisances et mes écarts de conduite, plus le visage de mon père se figeait dans une sorte de grimace qui ne présageait rien de bon, en tout cas bien pire qu'un troupeau de « bourricots ». Quand je suis ressorti du collège, quatre heures plus tard, il m'attendait dans la voiture pour le match retour. C'était à se demander s'il avait bougé car la grimace était toujours sur son visage. Je l'ai d'abord trouvé étonnamment calme, lui qui partait si souvent au quart de tour. Mais, à mi-chemin, il a fini par desserrer les dents. D'une voix neutre, presque complice, il m'a demandé la date du prochain France-Écosse dans le Tournoi des 5 nations. Comme un naïf, j'ai plongé, la tête en avant : « C'est dans trois semaines, papa ! On monte à Paris avec l'école de rugby pour assister au match… » Mon premier grand voyage loin de mes parents. Mon premier match du Tournoi, en vrai, dans le vieux Parc des Princes. J'y pensais chaque jour, chaque heure, chaque minute. Et même la nuit, j'avais l'impression que les placages dévastateurs d'Abdelatif Benazzi boutaient les fantômes hors de mon crâne. « Oublie tout ça, a repris mon père sans lâcher la route du regard. Non seulement tes copains iront à Paris sans toi, mais ce match, tu ne le regarderas même pas à la télé. Même pas le résumé, le lendemain, dans Stade 2… » Un silence de mort s'est installé dans la voiture et j'ai fait la gueule tout le week-end. Ça n'a pas infléchi sa décision. C'est tout juste si, trois semaines plus tard, j'ai eu le droit de jeter un œil au récit de la victoire des Bleus dans *L'Équipe*. Évidemment, mon père avait de bonnes raisons de me punir. Cependant moi j'avais de bonnes raisons de trouver la sanction excessive. Je crois que j'aurais préféré me priver de manger que de me priver de rugby. Cette année-là, j'ai traîné ma peine jusqu'au printemps.

Il faut dire que depuis ce jour béni de mes six ans où ma mère m'avait déposé pour la première fois à l'école de rugby de Givors, je n'étais plus tout à fait le même. Je me souviens qu'elle n'avait même pas fini de remplir les formulaires d'inscription que j'étais déjà parti rejoindre les vieux de douze ans pour cavaler derrière le ballon en jean et en chaussures de ville. Je n'avais rien à y faire, je ne connaissais même pas les règles et, pourtant, ma place était là, sur le terrain, et même en ce bas monde. Moi qui n'avais jamais eu envie de rien, rien d'autre que l'on me foute la paix, j'avais enfin trouvé une raison de vivre.

Mon père pensait que ce sport pouvait m'aider à canaliser mon énergie, mes sautes d'humeur. Il ne pouvait pas s'imaginer à quel point mon maillot de rugby allait devenir une seconde peau. En dépit de son gabarit de deuxième ligne, il n'avait jamais connu les joies de la mêlée. Dans sa jeunesse, il avait pratiqué le basket à un bon niveau, du côté de Chalon-sur-Saône, avant qu'une blessure à un genou mette un terme prématuré à sa carrière. J'ai eu la même, bien des années plus tard. Je m'en suis tiré avec une belle cicatrice et deux mois d'indisponibilité. Mais, à l'époque, les types devaient recoudre les ligaments du genou avec le tendon d'Achille ou un truc dans le genre, et c'était foutu.

D'emblée, le rugby s'est imposé dans ma vie

comme une sorte d'antidote à la grisaille et à mon âme meurtrie. Il suffisait que je franchisse les grilles du stade de la Libération pour redevenir l'enfant que je n'avais jamais vraiment été. Un grand sourire illuminait mon visage, ma méfiance et mes angoisses s'envolaient d'un coup. Tous ces souvenirs sont encore gravés dans ma mémoire. Le bruit des crampons sur le ciment des vestiaires, la chaleur de nos étreintes quand on se serrait pour se donner du courage, le maillot rayé jaune et noir du Stade olympique givordin qui nous faisait ressembler à un essaim d'abeilles. Et aussi nos goûters après l'entraînement avec une part de quatre-quarts et une barre de chocolat, ou mon premier éducateur, Alain Simon, qui était comme un deuxième père, et qui me reprochait en souriant de cueillir des pâquerettes pendant les matchs… « Pascal, regarde un peu le ballon, tu es à l'opposé de l'action ! » Et moi, l'air candide : « C'est pour ma maman, je lui fais un bouquet… » À vrai dire, plus que le jeu, c'est cette nouvelle famille qui me plaisait tant. Au rugby, je n'étais plus seul dans mon monde, on ne faisait pas de moi un cas à part. Contrairement à l'école, ici, personne ne s'interrogeait sur mon histoire ou sur le nom de mes parents. Dans les vestiaires comme dans la mêlée, nous étions soudés comme des siamois. Tous différents et tous semblables. Et même si j'oubliais parfois le ballon pour ramasser des fleurs, je n'encourais pas d'autre punition qu'un éclat de rire de mon entraîneur.

J'étais d'autant mieux placé pour apprécier les joies du rugby qu'en parallèle j'avais commencé le judo et sa stricte discipline. Encore une idée de mon père qui devait trouver qu'un seul sport ne suffisait pas à épuiser mon réservoir à sottises. Il n'avait pas tort. D'un point de vue éducatif, le judo est un outil sans équivalent et, en ce qui me concerne, j'ai tout de suite montré beaucoup plus de prédispositions sur les tatamis qu'avec un ballon ovale dans les mains. Je crois même que j'aurais pu faire une très belle carrière de judoka. Année après année, j'ai passé tous les grades, toutes les couleurs de ceinture. À l'adolescence, je faisais partie des meilleurs espoirs de la région lyonnaise. J'alignais les victoires par ippon[1], et pourtant je n'ai jamais aimé ce sport. Jamais autant que le rugby. Le combat, oui, ça me plaisait, mais il n'y avait rien autour,

1. L'équivalent au judo du K.-O. en boxe.

que le chacun pour soi. Sous le maillot jaune et noir, j'avais des copains à la pelle, Antoine Drevet, Jérôme Quesada, les jumeaux Fred et Seb Jimenez qui, tous, deviendraient des amis pour la vie, alors que je n'ai jamais eu le moindre frère de kimono. Et plus je gravissais les échelons, moins je supportais la dimension individuelle, voire égoïste, du judo. Lors des tournois de jeunes, je détestais entendre le type annoncer mon combat au micro et sentir tous les regards braqués sur moi comme des revolvers. C'était comme à la cantine mais là, je n'avais pas la berlue, c'était bien mon nom, ce maudit nom, qui résonnait dans les haut-parleurs. Le pire, c'est que les obligations du judo empiétaient de plus en plus sur ma passion du rugby. Souvent, il me fallait choisir un sport au détriment de l'autre. « Le week-end dernier, tu as fait rugby, ce serait bien que, cette fois, tu ailles au judo », me disait ma mère. Je ne voulais pas la décevoir. Mais quand il fallait se rendre au stade de la Libération, j'étais dans la voiture un quart d'heure avant le départ, attaché sur mon siège, le sac de rugby dans le coffre. Tandis que pour aller au judo, il fallait toujours que mes parents battent le rappel.

Longtemps, je me suis efforcé de concilier le sport qui me rendait heureux et celui qui ne m'apportait que des lauriers. Et puis à quinze ans, j'ai tranché. Par égard pour mes parents, je ne pouvais pas laisser tomber le judo de ma propre initiative. Ils s'étaient sacrifiés pour que le petit garçon ténébreux qui ne souffrait ni sa peau ni son passé apprenne la maîtrise et la confiance en lui. Les quelques trophées qui trônaient sur le buffet du salon n'étaient qu'un maigre tribut à leur amour. J'ai mûrement réfléchi à tout ça et j'ai trouvé la solution pour parvenir à mes fins sans passer pour un ingrat. Puisque je ne pouvais pas abandonner le judo sur un coup de tête, c'était le judo qui allait m'abandonner.

Cette année-là, le tournoi régional de Dijon constituait la dernière étape avant les championnats de France. Je figurais parmi les principaux favoris de ma catégorie. Et même au niveau national, j'avais ma chance. À l'époque, il ne me restait que trois combats à remporter pour décrocher la ceinture noire. J'avais passé avec succès les katas et l'examen d'arbitrage. Nous en avions discuté dans la voiture avec mon père. « Ceinture noire, à ton âge, ce n'est pas si fréquent... », avait-il lancé avec fierté. J'avais hoché la tête sans rien répondre. Maintenant, il fallait que ça aille vite.

Je ne me souviens plus du nom de mon premier adversaire, pas plus que de son club. Quelle importance ? Je savais déjà comment le combat allait finir. Nous nous sommes salués et j'ai marché vers lui d'un pas d'automate. Il a agrippé mon kimono avec une facilité dérisoire. J'ai posé mes grosses mains sur ses épaules et nous avons tourné comme ça pendant une trentaine de secondes en feintant les attaques pour trouver l'ouverture. J'ai eu l'impression que ça durait une éternité. J'avais presque envie de lui souffler à l'oreille : « Vas-y mon pote, abrège ! Lance-toi... » Il a fini par y aller. Un simple balayage qui – ô surprise – m'a projeté au sol comme une masse inerte. Il m'est tombé dessus et m'a placé un « ude-garami », une clé de bras dont je m'étais dépêtré des dizaines de fois avant ce jour. J'ai égrené les secondes dans ma tête pour être sûr que l'arbitre lui accorde la victoire par ippon. À l'issue du décompte, mon adversaire s'est redressé comme un ressort, tandis que je restais allongé sur le tatami. Je l'ai laissé exulter et je l'ai salué sans même rajuster mon kimono. Puis, je suis rentré aux vestiaires, tête basse. Terminé, le tournoi. Oubliés, les championnats de France. Fini, le judo...

Le voyage de retour m'a semblé interminable. Entre deux silences, j'ai quand même pris le soin d'enfoncer le clou. « Je suis écœuré ! Toute une année d'entraînement pour en arriver là... » Je m'attendais à ce que mon père me demande comment je m'y étais pris pour me faire surprendre par une feinte de débutant, mais non, il ne m'a rien demandé. Je crois même qu'il n'a pas décroché un mot de tout le trajet. C'est le soir, à la maison, devant ma mère, qu'il m'a fait la leçon. Une sacrée bonne leçon. « Tu ne pouvais pas nous en parler ? » J'ai haussé les sourcils en signe d'incompréhension, mais il a enchaîné comme si mon cinéma avait assez duré. « Tu ne pouvais pas nous dire que tu voulais arrêter le judo ? Tu crois vraiment qu'il fallait se taper six cents kilomètres pour nous infliger ça ? » Deuxième ippon de la journée. Mais celui-là, je ne l'avais pas vu venir. Mon père aurait pu m'écraser sous le poids du remords, il a cependant préféré tendre la main pour me relever. J'avais le droit de choisir le rugby aux dépens du judo, m'a-t-il dit, de toute façon, quoi que je fasse, il croyait en moi. C'est pour ça qu'il me poussait tout le temps. Sur les devoirs, sur les terrains, sur les tatamis... Il savait ce qu'était une enfance défavorisée et il voulait que mon étoile brille, cette étoile qui gisait, jadis, dans le caniveau, inanimée. Au fond, ses engueulades ont toujours débordé d'amour.

J'aurais pu le comprendre plus tôt et m'ouvrir davantage. Mais la parole et la confiance me faisaient tellement défaut. Quand une situation ne me convenait pas, je ne pouvais m'en extirper qu'en forçant l'issue de secours. Au collège d'Oullins, déjà, cette technique du fait accompli avait porté ses fruits. J'étais malheureux, là-bas. Non seulement cette teigne de proviseur me traquait sans relâche, mais je n'avais aucun atome crochu avec mes professeurs. Eux non plus ne m'aimaient pas, j'en étais sûr, je le savais depuis le premier jour, à l'instinct, cet instinct quasi infaillible qui me guidait dans mes affinités comme dans mes rebuffades. Quelques semaines après la punition qui m'avait privé de Tournoi des 5 nations, j'avais donc décidé de prendre ma revanche. À la récréation du matin, j'avais profité d'un trou dans le grillage séparant le collège de la rue des Chassagnes pour m'évader de ma prison. J'avais passé le reste de ma journée à marcher en ville, flânant au bord de l'Yzeron et à la terrasse des cafés. Évidemment, ma disparition avait provoqué un sacré branle-bas de combat au sein de l'établissement. On avait interrogé Estelle pour savoir où j'étais passé, mais elle n'en avait aucune idée. Un surveillant avait sillonné la ville à ma recherche. En vain. Je n'étais réapparu que sur les coups de 16 h 30, pour prendre le car scolaire comme si de rien n'était. « Je suis parti me balader », avais-je lâché pour seule explication. Et mon indifférence avait semblé accabler la proviseure davantage encore que si j'avais disparu pour de bon. Je n'avais aucun doute sur les conséquences de mon geste, et ça n'a pas manqué. Avant même la fin de l'année scolaire, j'ai été renvoyé du collège. Mission accomplie. Désormais, il ne fallait plus me chercher des poux dans la tête.

C'est à cette époque que j'ai commencé à m'endurcir. Enfin, j'avais commencé bien plus tôt mais, à la préadolescence, mon mur s'est encore épaissi de plusieurs couches de moellons. J'avais quasiment pris quinze centimètres et dix kilos d'un coup et j'avais l'impression que cette carcasse de petit homme me donnait plus de force pour dissuader les intrus de dévaliser mon intimité. Je ne faisais même plus semblant. Je ne répondais même plus par oui ou par non. Les questions des psychologues et des assistantes sociales se fracassaient sur mon front obtus. « Est-ce que tu te sens toujours aussi bien chez M. et Mme Papé ? », « Et les filles de M. et Mme Papé, elles sont gentilles avec toi ? » De quoi, je me mêle ? Même ce pauvre Jazz y passait. « Et le chien de la maison, tu t'entends bien avec lui ? » Ouaf ! Ouaf ! Allez vous faire voir, tous ! Sauf lui. Le juge des enfants qui avait repris mon dossier... Je ne sais pas s'il était moins borné que les autres ou si mes kilos et mes centimètres supplémentaires me rendaient, soudain, plus persuasif, mais quand je lui ai répété la seule chose que je me bornais à dire depuis des années, il a été le seul à ne pas m'opposer le prêchi-prêcha habituel. « Tu ne veux plus voir ta mère biologique ? Je comprends. On va suspendre les visites pendant six mois et on se reverra pour reconduire la décision. » Voilà. Ça n'allait pas m'empêcher d'en rêver la nuit, ça n'allait pas rayer d'un trait de plume ce patronyme que la loi m'imposait de supporter jusqu'à mes dix-huit ans. Mais, au moins, ça m'éviterait ces retrouvailles funèbres avec une inconnue qui portait mon malheur sur son visage défait et son propre deuil dans ses grands yeux noirs et vides.

Du caractère, il allait aussi m'en falloir pour survivre dans le seul établissement scolaire qui avait accepté de m'accueillir après m'être fait jeter du collège des Chassagnes. Pour redoubler ma sixième, j'avais atterri à Givors, dans une institution privée répondant au doux nom de Saint-Thomas-d'Aquin. Mais des saints, il n'y en avait pas beaucoup autour de moi. Le collège, jouxtant un lycée professionnel, rassemblait l'élite des cancres et des rebelles du département. Beaucoup d'entre eux venaient des cités de Givors qui n'avaient rien à envier aux pires quartiers de l'agglomération lyonnaise. Autant dire que j'étais mal barré s'il fallait me battre à chaque fois qu'un « fils de pute ! » résonnait à mes oreilles. Ici, ce n'était plus une injure, mais une sorte de ponctuation virile. Presque une façon de se parler. J'ai donc décidé de faire un exemple d'emblée. Je ne me souviens pas si c'est parce que j'avais pris le dernier dessert à la cantine ou parce que je l'avais bousculé dans le couloir, peut-être même qu'il voulait juste me souhaiter la bienvenue, toujours est-il qu'un lascar de la cité des Plaines m'a craché son insulte au visage et que je l'ai aligné direct. Ce bourre-pif a produit l'effet escompté et même davantage. Non seulement plus personne n'a osé se frotter à moi jusqu'à ma dernière année de collège… mais je suis devenu malgré moi une sorte de juge de paix, d'autorité morale et pugilistique que l'on venait consulter pour désamorcer les conflits qui égayaient le moindre interclasse.

Le hasard ayant bien fait les choses, ce qui me changeait d'une certaine époque de ma vie, j'avais retrouvé dans cette institution pour redoublants chroniques deux de mes inséparables potes de rugby : les jumeaux Fred et Seb Jimenez. Il faut reconnaître que nous étions plus fringants sur les terrains d'entraînement qu'en cours de mathématiques. Avec eux, le collège s'est vite transformé en en une annexe du stade de la Libération. À chaque récréation, nous tenions conciliabule à l'écart des autres élèves pour refaire le match du week-end précédent ou se bidonner en repensant aux cadets du club qui avaient montré leurs fesses à l'arrière du bus. Et notamment un certain Sylvain Marconnet qui, quelques années plus tard, me précéderait en équipe de France... Souvent, les jumeaux élaboraient des tactiques imparables auxquelles je ne comprenais pas grand-chose. Mais, contrairement à moi, ils jouaient dans les lignes arrière ce qui, selon eux, leur conférait un rôle de stratèges qui m'a toujours échappé. Bref, je n'avais que douze ans et le rugby remplissait déjà toute ma vie. En club comme à l'école, le week-end comme la semaine. Et, jusqu'au fond de mon lit, j'adorais y penser. Dans mon maillot jaune et noir, je me sentais plus fort pour affronter les fantômes. Je me serrais contre les copains, les encouragements de notre entraîneur couvraient le silence oppressant de la nuit. Je ne portais plus de nom, juste un numéro. Un simple numéro parmi les autres.

À l'époque, je jouais troisième ligne centre, numéro 8 donc, et il y avait déjà un petit bout de temps que je ne cueillais plus des pâquerettes durant les matchs. J'affichais les qualités qui deviendraient plus tard ma marque de fabrique : bon sauteur, puissant dans les impacts, rugueux en défense. Toutefois je n'étais pas le seul à tirer mon épingle du jeu. Les jumeaux étaient aussi vifs et insaisissables sur le terrain que dans leurs conversations, Antoine Drevet mesurait une tête de plus que tout le monde et régnait sur la touche. Quant à Jérôme Quesada, notre talonneur, il était le plus belliqueux d'entre nous, ce qui n'est pas peu dire. En minimes, déjà, nous avions la réputation d'être une équipe frontale et âpre au combat. Une équipe à l'image de cette ville de Givors, ouvrière, insoumise, sans esbroufe. J'aimais ce rugby-là. Je l'aime toujours. Il me ressemble. Cette année-là, nous avons été sacrés champion du Lyonnais, ce qui, pour un club modeste comme le Stade olympique givordin, représentait une sacrée performance. Je me souviens que nous avons reçu une mini-sculpture en ferraille, un truc en toc inspiré du bouclier de Brennus qui récompense chaque année le champion de France de rugby. Mais ce trophée à deux balles m'a rendu cent fois plus fier que les coupes étincelantes que je ramenais de mes tournois de judo.

Nous grandissions ensemble et notre identité s'affirmait chaque week-end un peu plus. La mienne aussi, au passage. En cadets, nous avons hissé les couleurs jaune et noir bien au-delà des frontières du Lyonnais. Durant toute la saison, nous avons collé des trempes aux clubs les plus huppés de la région, Lyon, Bourgoin-Jallieu, Bourg-en-Bresse, et nous nous sommes qualifiés pour les phases finales du championnat de France. Au sein de la petite famille du rugby givordin, notre parcours avait pris des allures d'épopée. Le stade de la Libération était presque aussi garni pour assister à nos matchs que quand l'équipe senior s'y produisait, et pourtant le club évoluait alors en groupe B, l'antichambre de la première division. Autant dire qu'il y avait foule dans les gradins. Soutenus par cette ferveur populaire, nous avons atteint les quarts de finale, ce qui nous plaçait parmi les huit meilleures équipes du pays. Le match contre Massy, un club de la région parisienne, s'est déroulé à Beaune, en terrain neutre. Enfin, neutre, façon de parler. Au moins cinq cents supporters de Givors avaient fait le déplacement, au premier rang desquels mes parents. Peu de temps après le coup d'envoi, je me suis ouvert l'arcade en plaquant en adversaire et je me suis mis à pisser le sang. C'était la première fois qu'une telle blessure m'arrivait et pourtant je n'ai même pas senti la douleur. On m'a collé un bandeau sur la tête, le sang continuait de couler sur mon maillot, mais je suis reparti à l'abordage avec mes copains. C'était presque encore plus fort, plus beau comme ça. Je devinais le regard anxieux et fier de mes parents, la gratitude de mes équipiers, je me sentais dans la peau d'un héros, le Jean-Pierre Rives du jour... À la dernière minute du match, notre buteur a raté une pénalité et notre rêve s'est évanoui pour deux petits points d'écart. J'ai pleuré comme les autres. Ensuite, on m'a fait six points de suture et, pendant quelques jours, j'ai eu l'impression que l'on m'avait cousu une médaille sur le front.

Même une défaite d'un point face aux All Blacks n'a pas le même goût que ces souvenirs-là. L'année suivante, je suis passé en juniors, le rugby constituait plus que jamais le centre de mon monde, mais ce n'était plus un monde d'enfants. Au bout de quelques mois, l'entraîneur des seniors du SOG a voulu me surclasser pour que j'intègre avant l'âge les rangs de l'équipe première. J'avais à peine dix-sept ans et je culminais déjà à 1,96 mètre, affichant un bon quintal sur la balance. Mes parents ont signé une décharge pour les assurances. Et je me suis retrouvé à guerroyer sur tous les terrains de France avec des grognards que j'admirais depuis l'école de rugby. Jamais je ne me serais cru capable d'aller plus haut. L'équipe première de Givors, c'était mon Graal. La moitié des gars pointaient comme employés municipaux et tondaient les ronds-points un après-midi par semaine. Les autres étaient plombiers, électriciens ou pizzaïolos. Mais pour moi, c'étaient des Dieux.

L'air de rien, pendant ce temps-là, j'avais tout de même réussi à en finir avec le collège. J'avais bouclé ma troisième avec deux ans de retard. L'honneur était sauf. De toute façon, je ne visais pas le prix Nobel. Au pire, avec le rugby, j'étais sûr de décrocher un taf à la mairie. Une belle tondeuse pour moi tout seul et des horaires aménagés. La grande vie, quoi. Je ne m'explique toujours pas comment l'idée m'est venue d'opter pour un BEP commerce. La seule raison objective, c'est qu'avant moi Estelle en avait décroché un et m'avait dit que c'était bien.

La belle affaire... Et un cul-de-jatte qui veut devenir moniteur de ski, c'est bien aussi ? Comment un type aussi recroquevillé et farouche que moi a-t-il pu penser, ne serait-ce qu'une fraction de seconde, qu'il avait une chance de faire carrière dans le relationnel ? Souvent, dans les soirées, il m'arrivait de me faire passer pour plus bête que je ne l'étais afin de ne pas m'encombrer avec les conversations des gens que je ne connaissais pas. L'écho m'en revenait le lendemain par les jumeaux : « Dis donc, Grégoire, le mec de Stéphanie, il a dit que t'étais vraiment pas intéressant comme mec... » Parfait, ça me va. Lors de mon année de troisième, une fille du collège m'avait couru après pendant six mois. Plutôt jolie, en plus. Une vraie sangsue. Jusqu'au jour où elle en avait eu assez d'adresser la parole à un muet. Exit Miss Givors. Encore une à qui je n'aurais pas à dévoiler ma vie et mes secrets.

Évidemment, ces deux années de BEP ont ressemblé à un long chemin de croix. En classe, le moindre jeu de rôle me donnait de l'urticaire. Les autres élèves incarnaient le vendeur ou le client comme s'ils étaient à la Comédie-Française et moi j'avais envie de disparaître sous la table. Et ce n'était rien à côté du stage que nous devions effectuer, chaque mercredi, à la galerie marchande de Saint-Genis-Laval. J'avais été affecté comme vendeur dans un magasin de mode masculine Devred-1902. En fait, la plupart des clients devaient me prendre pour l'agent de sécurité tellement j'étais engoncé dans le vieux costume que j'empruntais à mon père. À la fin de chaque mois, un grand tableau récapitulait le chiffre d'affaires de chaque employé. Mon tableau de chasse faisait peine à voir. En tout et pour tout, les seules ventes dont je pouvais me targuer concernaient des clients qui avaient déjà essayé et choisi leurs vêtements et qui me demandaient le chemin de la caisse. « Bien sûr, monsieur, c'est par là… »

Le plus drôle dans tout ça, c'est que je l'ai quand même obtenu, ce foutu diplôme. Le jour de l'oral, cependant, je n'en menais pas large. Je n'étais même pas sûr de pouvoir décrocher un mot devant ces deux jurés que je ne connaissais pas. Il allait pourtant falloir résumer toutes les techniques de vente que j'étais censé avoir apprises durant ces deux années interminables. Ma note finale se jouait là. Je suis entré dans la salle d'examen avec le sang qui cognait dans les tempes et mon regard s'est arrêté sur l'un des deux jurés. Et, lui aussi, j'ai eu l'impression qu'il me fixait avec une sorte de curiosité complice. Je pense qu'il devait approcher la cinquantaine, mais ça, on s'en fout, ce qui comptait, c'étaient ses oreilles. Ce type avait les oreilles en chou-fleur. Soit il avait fait du judo, soit il avait pratiqué le rugby. « Tu es gaillard, toi, tu es sportif ? » m'a-t-il lancé en préambule. Je lui ai répondu que je jouais à Givors et il a hoché la tête d'un air de contentement. « Moi, aussi, j'ai beaucoup joué au rugby… » J'ai su instantanément que c'était gagné. Cet homme faisait partie de la famille, il m'était sympathique, je me sentais en confiance, je devinais qu'après mon exposé nous allions discuter ballon. Bref, toutes mes inhibitions, toutes mes défenses sont tombées d'un coup. Ensuite, j'ai parlé d'action marchande et de fidélisation de la clientèle sans même reprendre ma respiration et le rugbyman a presque été obligé de m'arrêter tellement j'étais intarissable. C'est tout juste s'il n'a pas prétendu que j'avais ça dans la peau. Et l'histoire n'est pas finie. Mon examen comprenait également une épreuve écrite que j'ai dû passer le surlendemain. De mémoire, il y avait une dizaine de sujets possibles portant sur l'économie et la politique commerciale de pays que j'étais tout juste capable de situer sur une mappemonde. Pour être honnête, je n'en avais révisé qu'un seul. Mais, celui-là, je le connaissais par cœur. La Nouvelle-Zélande. À cause des All Blacks. Et, bien sûr, une fois de plus, le rugby a volé à ma rescousse.

Cette année-là, j'ai passé les plus belles vacances de ma vie. Nous sommes partis en camping, à Biarritz, avec Antoine, Jérôme et les jumeaux. Dès le premier jour, le soleil m'a brûlé la peau au deuxième degré et j'ai passé l'essentiel du séjour à l'ombre dans la voiture. Je m'en foutais, j'étais heureux. Et plus que mon BEP, c'est le coup de fil qu'un recruteur du club de Bourgoin-Jallieu avait passé à la maison qui me transportait à ce point. Un junior de chez eux, avec qui j'évoluais en sélection régionale, lui avait parlé de moi, mon surclassement en équipe première de Givors lui avait tapé dans l'œil, bref, cet émissaire voulait à tout prix que j'intègre leur centre de formation dès la saison suivante. Bourgoin-Jallieu… Un bastion du rugby français… L'antre de Cécillon, Nallet, Chabal…

Les quelques fois où mon père m'avait emmené voir des matchs dans le chaudron du stade Pierre-Rajon, j'en avais eu des frissons.

Je suis rentré à Givors avec mes cloques sur les épaules et j'ai passé le reste de l'été à me préparer comme un damné. Footing, vélo, rugby à toucher, tennis avec les copains… J'étais affûté comme une épée. Le premier entraînement à Bourgoin-Jallieu était programmé le même jour que la rentrée scolaire. Je ne l'ai jamais oublié. Au bout de quelques tours de terrain, j'ai ressenti une douleur intense aux adducteurs. Ça me lançait jusque dans le ventre. Le médecin du club m'a ausculté. Son verdict a été sans appel. Pubalgie probablement causée par un surentraînement. Quatre mois d'arrêt.

Pour un début dans la carrière, c'était un beau début.

– 4 –

Mon nom dans le journal

Cette année-là, l'automne m'a paru un peu longuet. Le gâteau trônait dans la vitrine et je n'avais pas le droit d'y toucher. Tout était en place pour que je devienne un rugbyman accompli sauf ces foutus adducteurs. Pensionnaire à Bourgoin-Jallieu, je logeais avec une quinzaine d'espoirs du club dans un centre d'hébergement aménagé au sein du lycée L'Oiselet. J'avais entamé un bac professionnel en alternance qui me permettait de peaufiner mon sens du contact humain derrière la caisse de la boutique du CSBJ.

Mais quand mes petits camarades entraient sur le terrain, je ne pouvais que les admirer derrière la main courante. Il me tardait de montrer de quoi j'étais capable, ne serait-ce que pour justifier mon petit pécule mensuel de 2 000 francs (environ 400 euros).

Par chance, ce mois d'octobre 1998 coïncidait aussi avec mon dix-huitième anniversaire. Et là, ce n'est pas le gâteau que je lorgnais. C'est une date, dix-huit ans, pour tout le monde. Mais, pour moi, ce cap représentait tellement plus qu'un simple passage à l'âge adulte. Enfin, mes parents allaient pouvoir m'adopter. Enfin, j'allais pouvoir me libérer de mes dernières chaînes et jeter aux oubliettes ce nom qui ne signifiait rien pour moi, que du malheur et des coups de poing rageurs.

J'avais beau trépigner d'impatience, je n'étais pas mécontent d'être pensionnaire à Bourgoin tandis que Françoise, ma mère, se coltinait les allers-retours à Lyon et les tonnes de paperasses inhérentes à ce type d'adoption. C'est dingue, toutes ces complications administratives pour officialiser une situation étalée au grand jour depuis si longtemps. Quand il s'agit de venir au monde, on ne vous en demande pas tant. Papa tabasse, maman picole ? Bah ! Ce n'est pas grave : une petite signature à l'état civil et c'est parti pour la vie... Mais pour naître une deuxième fois – voire une troisième, en ce qui me concerne – bonjour le parcours du combattant ! Enfin, bon, le grand jour a quand même fini par arriver et nous nous sommes rendus, mes parents et moi, au tribunal de Lyon pour y retrouver ma mère biologique et le juge pour enfants qui me suivait depuis l'adolescence.

Je me souviens qu'il pleuvait ce jour-là, et qu'à l'heure dite Josette Bardon manquait à l'appel. Ça ne m'a pas inquiété plus que ça. Un quart d'heure de retard, ce n'est rien quand on a rongé son frein pendant dix-huit ans. S'il le fallait, j'étais prêt à coucher dans le bureau du juge pour obtenir mon précieux sésame. Pour une fois, je me sentais aussi costaud dans la vie que sur un terrain de rugby. Désormais, mon destin m'appartenait. Rien ni personne ne se mettrait plus en travers de ma route. Le risque que Josette Bardon oppose son droit de veto à l'adoption existait, mais il me semblait infinitésimal. Je ne voulais même pas y penser. Après tout, cela faisait près de cinq ans que le juge avait suspendu son droit de visite et elle n'avait pas remué ciel et terre pour inverser cette décision. Il était un peu tard pour réveiller son instinct maternel.

Mes derniers doutes ont été levés quand je l'ai vue apparaître dégoulinante, presque chancelante, dans le bureau du juge. Il y avait si longtemps que je ne l'avais pas croisée. Je l'ai trouvée vieillie, triste, malade. Plus encore qu'avant. Comment une chose aussi fragile avait-elle pu me faire tant de mal ? Le juge a demandé à mes parents si, conformément aux trois tonnes de documents qu'ils avaient remplis, ils étaient toujours sûrs de vouloir m'adopter et s'ils étaient bien sûrs d'être sûrs. J'ai acquiescé à mon tour. Puis, il s'est tourné vers Josette Bardon pour savoir si elle comptait s'opposer à cet état de fait et elle a balbutié que non, elle ne voyait rien à y redire. Elle a signé d'une main tremblante tous les papiers qu'on lui tendait et la cérémonie a pris fin avec le côté soudain vite expédié et désincarné des divorces par consentement mutuel. Une ultime scène un peu bâclée s'est jouée sur les marches du tribunal. Au moment de se séparer, celle qui, officiellement, ne serait plus jamais ma mère, s'est dirigée vers moi pour me faire la bise, mais je n'y étais pas préparé et j'ai esquissé un mouvement de recul. Là-dessus, elle a tourné les talons sans rien dire. Elle s'est éloignée sous la pluie battante dans son petit imperméable noir. C'est la dernière fois de ma vie que je l'ai vue.

Les jours suivants, j'ai eu l'impression que ma nouvelle peau me grandissait de dix centimètres. Oublié, le garçon qui s'empourprait et voulait disparaître sous terre à l'énoncé de son ancien patronyme. Je bombais le torse tandis que le fonctionnaire de la sous-préfecture de Bourgoin-Jallieu était en train d'établir ma carte d'identité et le permis de conduire, que j'avais passé l'été précédent, au nom de Pascal Papé. « Oui, c'est bien ça, P-a-p-é… » Le type ne m'avait rien demandé, mais toutes les occasions étaient bonnes pour scander ces quatre lettres. Je les répétais dans ma tête, je trouvais que ça sonnait bien. Ça peut sembler un peu dérisoire mais, moi, j'avais vécu dans l'attente de ce moment depuis que j'avais compris qui j'étais. Ensuite, il a fallu justifier mon changement d'identité auprès des potes de l'équipe juniors et des dirigeants du club. Enfin, justifier, c'est un bien grand mot. J'avais passé dix-huit ans de ma vie à vouloir ressembler aux autres, maintenant que c'était le cas, je n'allais pas commencer à m'étaler sur mes cicatrices et mon CV pourri. J'ai ressorti le vieux bobard qui m'avait tant servi et je lui ai mis un petit coup de lustrine. « Oui, mon vrai nom, c'est Papé, Bardon, on oublie… Une étourderie de mon père à la naissance… Je devais attendre d'être majeur pour corriger cette erreur… » Ils ont tous marché comme un seul homme. Avec le temps, j'avais développé un vrai talent de comédien, je connaissais mon texte sur le bout des doigts. Et puis, je venais tout juste d'atterrir à Bourgoin et cette maudite blessure ne m'avait pas encore permis de me faire un nom. Finalement, ça ne tombait pas plus mal.

Une nouvelle année débutait et, dans ma vie, tout était enfin rentré dans l'ordre. J'avais repris l'entraînement depuis peu, mais dès les premières joutes, je m'étais senti à ma place au sein de cette équipe qui accédait régulièrement au dernier carré du championnat de France. À l'époque, je jouais en juniors deuxième année, les « Crabos » du nom de la compétition que nous disputions, par opposition aux juniors troisième année qui, eux, participaient au championnat « Reichel ». Tout cela pour dire que si le jeu prôné par nos entraîneurs était plus savant que celui que l'on m'avait enseigné à Givors, j'avais tout de même l'impression d'avoir affaire à des enfants de chœur dès qu'il s'agissait de mettre un peu de physique dans la balance. Les parties de mailloche avec les vieux de la vieille m'avaient durci le cuir et, parmi ceux de mon âge, je n'ai pas mis longtemps à être considéré comme le « policier » de l'équipe. Ce qui, tout naturellement, m'a conduit au rôle de capitaine. Et si je n'étais pas le plus causant des leaders, mon engagement sur le terrain parlait pour moi. Je préférais les actes aux grands discours. Je ne voyais pas l'utilité de se cogner la tête contre les murs ou de tirer des larmes à mes partenaires pour stimuler l'adrénaline et réveiller notre agressivité. En ce qui me concerne, elle n'avait jamais cessé de bouillir.

Quand ils étaient venus me chercher à Givors, les dirigeants du CSBJ m'avaient annoncé qu'ils comptaient me reconvertir au poste de deuxième ligne. Il m'a donc fallu refaire mes gammes et troquer mon numéro 8 pour le numéro 4. Je l'ai fait avec d'autant plus d'aisance que, pour mes interlocuteurs, la référence absolue à ce poste s'appelait Marc Cécillon, enfant du cru et international prestigieux qui terminait alors sa carrière sous le maillot ciel et grenat. « C'est comme ça qu'il faut jouer, me rabâchait-on, tu n'as qu'à le regarder… » De fait, le grand Marco ne laissait pas sa part aux chiens, même sur ses vieux jours. Un joueur dur, opiniâtre, inlassable dans les tâches obscures, besogneux mais au sens le plus noble du terme comme on l'entend à Bourgoin-Jallieu. Ici, son aura était immense. Avec sa gueule de cow-boy et son palmarès long comme le bras, Cécillon n'était pas seulement l'idole du stade Pierre-Rajon ou un exemple pour tous les jeunes rugbymen. En ville, c'était une icône. Fêté, vénéré, intouchable. Un héros couvert de légendes et d'amis d'un soir. Pour sûr, j'avais envie de lui ressembler. Tout le monde aurait aimé lui ressembler. Et puis, un jour, plus du tout. Mais c'est une autre histoire.

Pour évoquer ce microclimat qui fait de Bourgoin-Jallieu une sorte de Saint-Étienne du rugby, les journalistes ont inventé une expression de toutes pièces : la « Berjallie ». Ce coin de France n'existe sur aucune carte. C'est une province imaginée par les chroniqueurs en manque de superlatifs pour dépeindre la ferveur des samedis après-midi à

Rajon, la solidarité des vaillants soldats du CSBJ et, au-delà, l'identification de tout un peuple à travers son équipe de rugby. Si l'expression n'a aucune réalité géographique, elle reflète parfaitement la sociologie de cette commune de vingt-cinq mille habitants, sorte de village gaulois devenu une place forte du championnat de France. À mi-distance de Lyon et de Grenoble, Bourgoin-Jallieu, c'est déjà le début de la montagne. Les hommes y sont bâtis dans le roc. Humbles, coriaces, ne parlant pas pour ne rien dire. Ici, on joue sous la neige ou dans la boue sans se plaindre. Ici, on n'aime pas les trois-quarts à frous-frous et les passes croisées qui font se pâmer le public de Toulouse ou de Bayonne. On glorifie le jeu d'avants, l'empoignade, le collectif. Tous les joueurs qui sont passés par Bourgoin-Jallieu en ont gardé la marque au fond d'eux-mêmes. Jusqu'en équipe de France, on retrouve l'empreinte de ce compagnonnage, pour ne pas dire de cette franc-maçonnerie. Lors de la Coupe du Monde 2011, ce n'est pas tout à fait un hasard si, après l'humiliation face au Tonga, nous avons su faire la révolution et prendre notre destin en main. À l'époque, la « Berjallie » constituait le noyau dur de cette équipe. Lionel Nallet,

Julien Pierre, Julien Bonnaire, Morgan Parra et moi-même, nous avions tous baroudé sous le maillot ciel et grenat. Et sans beaucoup nous parler, nous partagions la même frustration face à notre passivité, notre manque de caractère. On ne s'y reconnaissait pas. C'est ainsi que nous avons décidé de bousculer notre petit confort de privilégiés et de remettre l'orgueil et les hormones au centre de notre jeu. Il fallait ressusciter l'âme des guerriers. Il fallait convoquer, à l'autre bout du monde, l'esprit et les valeurs de Bourgoin-Jallieu.

Derrière le comptoir de la boutique du CSBJ, trois jours par semaine, je pouvais voir défiler ce peuple d'ouvriers et de paysans qui ne vivait que pour son équipe de rugby. J'étais dans mon élément : le côté seul contre tous, l'orgueil des gens de peu, ça me rappelait quelqu'un. Je pouvais traîner la patte pour me rendre en cours d'action marchande, jamais pour pointer derrière ma caisse et entendre battre le cœur de cette ville ovale. Quand on n'y parlait pas du match du week-end précédent, c'est qu'on évoquait déjà celui du samedi suivant. « Et, sinon, toi, mon grand, tu joues en Crabos ? Ça tourne pas mal à ce qu'il paraît… » Ça tournait bien, en effet. Et déjà, dans la rue, il arrivait que des inconnus m'adressent une tape amicale en signe de connivence ou m'invitent à boire un coup. Déjà, je pouvais me sentir dans la peau d'une petite vedette locale avec les prérogatives et les dangers que cela comporte.

Cependant ces premières flatteries d'amour-propre n'étaient rien en comparaison de la popularité de mon patron, Jean-Pierre Pesteil, avec qui je tenais boutique et qui était aussi notre coentraîneur en Crabos. Lui, j'avais vraiment l'impression qu'il appartenait à tout le monde. Ancien trois-quarts centre, quadruple champion de France avec le grand Béziers des années 1970, il était venu finir sa carrière à Bourgoin-Jallieu à l'époque où le club débutait son ascension vers les sommets. À ce pionnier de la « Berjallie », la grande famille de Pierre-Rajon vouait donc une reconnaissance éternelle. Pour tout dire, je devais être le seul à ignorer le CV du grand homme lors de mon arrivée à Bourgoin-Jallieu. J'avais beau avoir appris à lire dans *L'Équipe* avec mon père, ses faits d'armes étaient trop anciens pour que son nom me dise quelque chose. Par chance, Léo Pesteil, son fils, faisait partie, comme moi, des pensionnaires du lycée L'Oiselet. J'avais fini par le sonder, l'air de rien : « Dis donc, ton père, il est tout de même vachement connu… » Léo m'avait alors parlé de sa carrière, allant jusqu'à me prêter la cassette de la finale Béziers-Bagnères de 1981 pour parfaire mes connaissances. Le lendemain, j'avais retrouvé son père et, le plus naturellement du monde, je lui avais parlé du match comme si toute mon enfance avait été bercée par ce souvenir. « Tout de même, Jean-Pierre, ces deux drops que vous marquez en finale contre Bagnères, c'est quelque chose… » Il avait souri modestement, comme à son habitude, mais j'avais senti que j'avais marqué des points.

Beaucoup plus, en tout cas, que sur mes bulletins scolaires. À l'époque, les dirigeants du club n'étaient pas trop regardants sur la question et, très vite, j'avais pris le mauvais pli de me rendre en cours quand j'en avais envie, c'est-à-dire pas très souvent. Avec la complicité de Jean-Pierre, j'organisais mon emploi du temps à ma guise et celui-ci me conduisait à fréquenter la salle de musculation avec beaucoup plus d'assiduité que les bancs du lycée. Au fond, s'il y avait une échéance qui me taraudait, c'était moins le bac que l'examen de passage qui me verrait passer des rangs des juniors Crabos à ceux de l'équipe Reichel. Sur cette question, je savais que les dirigeants ne transigeaient pas. À l'issue de chaque saison, un tiers des pensionnaires du lycée L'Oiselet étaient renvoyés dans leurs foyers pour performances insuffisantes. Honnêtement, je ne me voyais pas revenir à Givors, mon sac de sport et mes espoirs déçus en bandoulière. C'était ma seule préoccupation, mon unique ambition. Je ne tirais aucun plan sur la comète, je n'envisageais même pas de faire du rugby mon métier, à l'époque, du reste, le professionnalisme n'en était qu'à ses balbutiements. Non, je voulais juste continuer l'aventure, me rendre indispensable dans l'équipe, être le meilleur des Crabos pour voir ensuite de quoi j'étais capable à l'étage supérieur, en Reichel. Méfiant mais tenace, comme la vie m'avait appris à l'être.

Cette année-là, l'équipe dont j'étais le capitaine a atteint les quarts de finale du championnat de France. À Bourgoin, c'était le minimum syndical car, chaque saison, le club trustait les récompenses dans les catégories cadets et juniors. Manque de chance, nous sommes tombés sur le Stade toulousain et sa génération dorée, celle des Michalak, Poitrenaud et Cie, et notre vaillance n'a pas suffi face à ces enfants de la balle. Le week-end précédent, nous avions éliminé le Racing en huitième de finale et cette victoire avait eu, pour moi, une saveur particulière. D'abord, le match s'était joué à Tournus, sur les terres de mon père, et j'étais fier de le voir avec tous ses copains de jeunesse dans les tribunes. Mais cette bouffée d'émotion avait été décuplée au moment où le speaker avait annoncé la composition des équipes. Tout au long de la saison, déjà, mon regard avait été aimanté par les feuilles de match placardées dans les vestiaires, j'adorais y lire et y relire mon nom, mais là, c'était encore plus fort. Phase finale oblige, le type au micro avait fait monter la sauce comme si les All Blacks allaient entrer sur la pelouse, je l'avais entendu s'égosiller « Numéro 4 et capitaine, Pascal Papé » et j'en avais eu la chair de poule. Ce jour-là, j'aurais voulu que sa voix porte au-delà du stade et des monts de Bourgogne, qu'elle résonne jusqu'au collège des Chassagnes, jusqu'au quartier des États-Unis, pour donner le bonjour à tous ceux qui m'avaient gâché la vie pendant tant d'années.

Après notre élimination par le Stade toulousain, je pensais raccrocher les crampons pour les vacances, mais non. Le staff de l'équipe espoirs du CSBJ, l'antichambre de l'équipe première, m'a appelé en renfort pour prendre part comme remplaçant aux derniers matchs de la saison. La logique aurait voulu qu'ils piochent dans les rangs des juniors Reichel, mais c'est moi qu'ils avaient choisi pour évoluer avec des types qui étaient de trois ou quatre ans mes aînés, et cette marque de confiance signifiait que mon bail au lycée L'Oiselet était prolongé au moins d'une saison. Ce n'était pas le cas de tout le monde et, sur la quinzaine de jeunes recrues qui partageaient mon dortoir, cinq ou six ont été priées de boucler leurs valises avant la fin du mois de juin. L'année suivante, la charrette emportera mon pote Damien Gaget, le pilier qui, en me signalant aux dirigeants du club, avait permis ma venue à Bourgoin-Jallieu. Ce coup du sort forgera le deuil de sa carrière et le début de notre amitié indéfectible. La preuve, une fois de plus, que le rugby n'est qu'un raccourci de l'aventure humaine.

En ce qui me concerne, cette première saison avait donc suffi à me faire adopter par la « Berjallie », ce qui, après l'avoir été par mes parents, faisait quand même beaucoup de bonnes nouvelles dans la vie du gamin qui se sentait seul au monde. J'ai passé mes vacances d'été au plus près de la famille ciel et grenat en travaillant à la boutique du club. La flamme des supporters ne prenait jamais de congé. Cette année-là, le CSBJ emmené par Marc Cécillon s'est hissé jusqu'en demi-finales du championnat de France face au Stade toulousain. Je me souviens que toutes les vitrines étaient repeintes aux couleurs du club, et qu'à l'entrée de la ville un ballon géant avait été érigé sur un rond-point comme une statue de personnage célèbre. À la boutique, nous étions chargés d'écouler les précieux billets pour ce match à guichets fermés. Les gens campaient sur le trottoir et une queue de huit cents mètres s'étalait dans la rue de la Liberté. On se serait cru aux Galeries Lafayette pour l'ouverture des soldes.

Ma deuxième année à Bourgoin-Jallieu n'a fait que confirmer la bonne impression laissée par la première. J'ai intégré l'équipe Reichel et les entraîneurs m'ont nommé capitaine dès le début de la saison. Il y avait longtemps que j'avais cessé de grandir et de prendre du poids mais mon corps s'étoffait au gré des séances de musculation quotidiennes et le balèze mal dégrossi laissait peu à peu la place à un athlète en pleine possession de ses moyens. J'oubliais de plus en plus souvent de me rendre en cours, mais jamais de remercier la Providence pour cette formation en alternance qui, avec la complicité de mon boss, me permettait d'épaissir chaque jour mon bagage. Dès que nos entraîneurs programmaient un atelier technique, une séance vidéo, un entraînement facultatif, je répondais à l'appel. La plupart de mes potes n'arrivaient pas à se dépêtrer de leur agenda de lycéen alors qu'il me suffisait d'un clin d'œil à Jean-Pierre pour pouvoir gérer au mieux mes petites affaires. Évidemment, pendant ce temps-là, le bac approchait à grands pas. Et, sauf à retomber sur l'homme à la tête de chou et le commerce de la laine au pays des Maoris, je ne voyais pas comment j'allais m'en sortir.

Cette année-là, une fois de plus, notre parcours s'est arrêté en quarts de finale du championnat de France. Une défaite face à la Section paloise de Damien Traille et Imanol Harinordoquy qui, plus tard, feraient les beaux jours du XV de France.

Autant dire que la marche était trop haute pour une équipe dont je serais le seul à émerger au niveau professionnel, avec Jean-François Coux, l'inamovible trois-quarts aile du CSBJ. La déception passée, il me restait la satisfaction d'avoir franchi un cap à titre individuel. Mes heures supplémentaires au stade Pierre-Rajon portaient leurs fruits. Durant l'hiver, on m'avait convoqué pour jouer avec la sélection du Centre-Est contre une province irlandaise dont j'ai oublié le nom. Ce que je n'ai pas oublié, en revanche, c'est que cette rencontre faisait figure de test en vue de composer l'équipe de France des moins de vingt et un ans qui allait disputer le Tournoi des 6 nations. Le Tournoi, rien que ça ! Finalement, la sélection chez les Bleuets m'a filé sous le nez, on m'a préféré des rivaux plus expérimentés, des types qui jouaient régulièrement en première division. Mais je n'en ai pas fait un drame. Ce n'était que partie remise. Pour l'équipe de France des moins de vingt et un ans, j'avais le temps. Je n'en avais que dix-neuf.

Du temps, par contre, j'en avais de moins en moins pour préparer le bac. Et même plus du tout quand à la fin du mois de mai, Michel Couturas, le coach historique du CSBJ, nous a appelés, Jeff Coux et moi, pour participer aux entraînements de l'équipe première. À première vue, l'invitation était surtout honorifique. Il s'agissait de nous récompenser pour notre bonne saison en juniors, pas de rebattre les cartes au sein d'une équipe de monstres sacrés s'apprêtant à disputer les phases finales du championnat de France. Au-delà des questions de préséance, la sagesse la plus élémentaire imposait de garder son rang face à des poids lourds du style Milloud, Raschi, Chabal… Sauf que je ne suis jamais entré sur un terrain de rugby pour jouer les faire-valoir. Sûrement que j'étais un peu intimidé mais, au final, à chaque fois que quelque chose me déstabilisait, il fallait que je déborde d'agressivité. Alors, j'y suis allé de tout mon cœur, dès le premier entraînement. Une vraie teigne, un foutu « lâche-rien » comme on dit à Bourgoin. Qu'importe la carte de visite de mes adversaires d'un jour : j'appuyais chaque placage, chaque percussion. Je nettoyais tout ce qui dépassait des regroupements, et même Sascha Fischer, l'un des titulaires en deuxième ligne qui présentait la double originalité d'être allemand et de mesurer 2,08 mètres. Bien plus tard, Lionel Nallet m'avouerait que mon tempérament de tête brûlée n'était pas passé inaperçu chez mes aînés. « Dis donc, le petit Papé, c'est un pénible, il va falloir compter avec lui dans les années qui viennent... » Je n'en avais rien su. Je n'avais même pas voulu marquer les esprits. C'est comme ça que je jouais, voilà tout.

Avec tout ça, forcément, j'ai raté mon bac. Mes parents ne m'en ont pas tenu rigueur car, au moins, j'avais retenu une leçon : celle du judo. J'avais pris soin de préparer le terrain en amont, notamment auprès de mon père. Je lui avais avoué mon allergie rédhibitoire à la chose scolaire, tous les mauvais souvenirs que l'Éducation nationale charriait pour moi, et ma volonté de me consacrer à plein temps au rugby. Je m'étais engagé à suivre une formation, plus tard, pour préparer mon après-carrière. Et la pilule était passée. Du coup, j'en ai même oublié de me présenter à l'examen. Ce jour-là, j'avais autre chose à faire, je ne sais plus quoi, une séance de musculation, un inventaire à la boutique ou peut-être même un rendez-vous avec Amélie.

Elle était interne au lycée L'Oiselet et je l'avais rencontrée un soir à la cantine. Je l'avais tout de suite trouvée marrante et sympa. Une fille pas prise de tête, l'idéal pour moi. Entre nous, ça a duré quatre ans. Comme il se doit, son beau-père était fan de rugby et mon statut de junior au CSBJ a grandement contribué à mon aura auprès de la famille. Jusque-là, je n'avais jamais eu de copine attitrée, j'étais trop farouche pour ça, mais tous les changements intervenus dans ma vie depuis mon arrivée à Bourgoin m'avaient sans doute rendu un peu plus abordable. Du moins, en apparence. Au fond de moi, j'avais toujours les mêmes nœuds dans le cerveau, les mêmes difficultés à me situer sur le plan affectif. J'aurais voulu dire à Amélie combien je l'aimais, mais ce n'était pas vrai et, de toute façon, je ne savais pas comment m'y prendre. C'est pour ça que je me livrais à corps perdu dans le rugby : il n'y avait que dans ma tenue de gladiateur que je ne me posais pas de question. Pour le reste, mon passé pesait encore sur mes épaules. Je m'en étais affranchi en changeant de nom, mais quand je me regardais dans le miroir, je ne voyais que des cicatrices. J'étais incapable de dire qui j'étais et qui j'aimais. Alors, je détournais les yeux. Je préférais soigner mon image plutôt que mes états d'âme. Mon double resplendissait de force et de santé. Je voulais qu'il occupe toute la place. Rien d'autre ne comptait pour moi. Si l'on me démasquait, j'étais mort.

C'est à ce moment-là que les choses ont commencé à se compliquer imperceptiblement. Durant l'été, Michel Couturas m'a fixé rendez-vous au club-house du stade Pierre-Rajon. Je pensais qu'il voulait me féliciter pour mon investissement aux entraînements et me souhaiter bonne chance pour la suite, mais non, avec sa voix rocailleuse et ses airs de maquignon, l'homme fort du CSBJ m'a annoncé qu'il comptait m'intégrer à l'effectif professionnel, dès la saison suivante. « Tu vas continuer de jouer avec les espoirs et, deux fois par semaine, tu t'entraîneras avec la première… » La nouvelle m'a cloué sur place. Je n'avais pas vingt ans et le chef de meute le plus respecté du rugby français m'adoubait parmi ses grognards. Moi qui avais tant souffert d'être stigmatisé, mon tour était venu de faire partie des élus. C'était presque trop beau. À la rentrée de septembre, j'ai donc pris la pose au milieu des quarante joueurs du groupe professionnel pour le poster officiel de la saison 2000-2001. Je frémissais d'impatience à l'idée de le voir placardé dans tous les bars, toutes les vitrines de la ville. J'en ai même raflé une cinquantaine pour les rapporter chez mes parents et les distribuer aux amis et aux voisins. J'étais si fier de leur montrer ce que j'étais devenu. Je voulais qu'ils constatent de leurs propres yeux que je côtoyais des idoles qui nous faisaient rêver, naguère, devant la télévision. Et s'ils ne l'apprenaient pas par moi, ils le découvriraient bien dans le journal. Déjà, mon statut d'espoir du CSBJ m'avait valu d'être cité deux ou trois fois dans les pages sportives du *Dauphiné libéré* : Papé, le jeune qui monte, ou des salades dans le genre. Cela dit, c'était mon nom, ce nom si chèrement acquis, et j'étais toujours aussi ému de le voir imprimer noir sur blanc. Ému et, désormais, un peu inquiet. Tout était allé si vite, pour moi, depuis que j'avais escamoté les derniers vestiges de mon enfance pour revêtir ma nouvelle identité. J'étais dans la situation du pauvre bougre qui gagne au loto et qui, ensuite, vit dans la peur d'être cambriolé. Parfois, je me disais que Josette Bardon allait débarquer à Rajon pour faire un scandale ou téléphoner aux journalistes pour leur annoncer que tout ça c'était de la blague. Que si j'en étais là, c'était aussi grâce à elle. Que mon vrai nom, c'était… Le cauchemar. Un de plus.

Cette année-là, j'ai donc alterné les matchs en espoirs et les apparitions en première, principalement en Coupe de la Ligue, une épreuve qui n'existe plus et lors de laquelle les grosses écuries du championnat faisaient tourner leur effectif. Pour le grand frisson, je repasserais car, même à Bourgoin-Jallieu, les rencontres se déroulaient dans un stade aux trois quarts vides. N'empêche, j'avais à cœur de montrer à Michel Couturas quel style de deuxième ligne j'étais, et pas seulement un joueur de contacts et de mêlées relevées. J'aimais aussi le ballon. Au moins autant que la bagarre. À Givors, déjà, on me surnommait Pac-Man, du nom de ce jeu vidéo des années 1980, où le héros engloutit et digère toutes les balles qui se trouvent à sa portée. Mon expérience de numéro 8 a été précieuse quand, sous mes nouvelles couleurs, il m'a fallu monter d'un cran dans la mêlée. Je ne rechignais pas aux tâches obscures, mais j'étais adroit et j'avais du fond. Créer des brèches dans la défense adverse, allonger ma passe, conclure un décalage m'exaltait davantage que de rentrer dans le lard de mon vis-à-vis. Aujourd'hui, ça n'a l'air de rien : la plupart des jeunes deuxièmes lignes que je croise sur les pelouses ressemblent à des décathloniens. Mais il y a quinze ans, ce n'était pas si fréquent. À mon poste, des types pouvaient afficher cinquante sélections en équipe de France sans jamais avoir touché le ballon. Moi, sur le terrain, je voulais qu'on me remarque. Seulement sur le terrain.

Un deuxième ligne moderne, il y en avait déjà un, au CSBJ : Lionel Nallet, mon aîné de quatre ans. Le prototype de l'avant aussi performant dans le combat rapproché que dans la cavalcade. J'ai eu la chance de parfaire mon apprentissage à ses côtés car, à la fin de l'hiver, il y a eu de la casse chez les titulaires du poste. Le géant Fischer et Vaïtanaki, un Wallisien bâti comme un tronc d'arbre, se sont retrouvés sur la touche et Couturas s'est rabattu sur moi pour pallier ces absences. J'ai fait mes débuts en Top 16 à Narbonne, comme remplaçant, puis j'ai enchaîné avec Bordeaux-Bègles à domicile, et j'ai grappillé quelques minutes de jeu par-ci, par-là, jusqu'à la fin de la saison. Le jour de mes débuts à Rajon, je me souviens que Couturas nous avait enfermés, les huit du paquet d'avants, dans une petite pièce sous la tribune Louis-Marchand. Puis il avait éteint la lumière et nous avait laissés dans le noir pendant cinq minutes. « Comme ça, vous allez sentir le stade, cette foule qui est là pour vous… » Malgré son talent de meneur d'hommes, le CSBJ ne s'est pas qualifié pour les phases finales et j'ai retrouvé mes copains de l'équipe espoirs pour la dernière ligne droite du championnat. Notre aventure s'est arrêtée contre Grenoble, en quarts de finale, encore une fois.

Il y avait bien longtemps que l'équipe première n'avait pas réussi à sortir des poules qualificatives et l'onde de choc de cette élimination prématurée s'est propagée durant l'été. Le président mécène du CSBJ, Pierre Martinet, le fameux traiteur intraitable, a décidé de chambouler l'organigramme du club et de nommer Jean-François Tordo, ex-talonneur du XV de France fraîchement retraité des terrains, à la place de Michel Couturas.

Pendant ce temps-là, le légendaire « Couture » était censé prendre de la hauteur en inaugurant la fonction ronflante de manager général. Sur le papier, ça ne changeait rien pour moi, si ce n'est que l'un des deux m'avait pris sous son aile et que j'ignorais presque tout de l'autre. Pour le reste, ma saison semblait toute tracée : moitié espoirs, moitié élite, comme l'année précédente, avec l'ambition de m'imposer petit à petit parmi les hommes de base de la deuxième ligne.

Sauf que rien ne s'est passé comme prévu. Dès les premiers matchs, il s'est avéré que le groupe n'adhérait pas au discours de Tordo. Orphelins de Couturas, les cadres de l'équipe reprochaient à son successeur son management glacial et sa faiblesse tactique. Naguère imprenable, Rajon a perdu son statut de citadelle face à Bristol, en Coupe d'Europe, puis en championnat, contre Perpignan. Il n'en fallait pas plus pour que le président Martinet décide, à nouveau, de tourner la salade. Mais, à la surprise générale, c'est son vieux complice Couturas qui s'est fait assaisonner. Viré du jour au lendemain, comme un vulgaire bizuth. Et les pleins pouvoirs à Tordo pour couronner le tout. Dans toute la ville, l'éviction de Couturas a provoqué un vrai traumatisme. Personne n'a compris comment ces deux hommes qui avaient si longtemps porté le club sur leurs épaules avaient pu se séparer si brutalement. Bah ! Disons que le rugby entrait de plain-pied dans le professionnalisme... Et même en Berjallie, les choses n'étaient plus tout à fait comme avant.

Cette saison-là, j'ai vite compris que je n'étais pas dans les petits papiers de l'entraîneur. En semaine, lorsque je me frottais aux joueurs de l'équipe première, j'étais toujours aussi fougueux, mais Tordo ne me calculait pas. J'en ai pris mon parti d'autant plus facilement que je ne voyais pas trop où il voulait en venir sur le terrain et que je m'éclatais tous les week-ends avec les espoirs. Parmi ceux de mon âge, je commençais vraiment à être au-dessus du lot. Presque tous les ballons passaient par moi. Trois mois se sont écoulés avant que Pierre Martinet finisse par se rendre à l'évidence concernant Tordo. Les joueurs n'en pouvaient plus, les défaites succédaient aux matchs nuls et l'équipe en était quasiment réduite à se sauver de la relégation. Première bonne nouvelle : pour lui succéder, le président a fait appel à Hervé Roche, mon entraîneur chez les espoirs. Deuxième bonne nouvelle : dès sa nomination, ce dernier a décidé de s'appuyer sur les jeunes pousses du club pour redresser la situation. C'est ainsi qu'avec Jeff Coux, Julien Bonnaire ou encore Mickaël Mabillon, nous avons étrenné nos galons de pompiers de service. Et un beau camion de victoires avec ça. Succès à domicile contre Castres, Pau, Bordeaux-Bègles, Biarritz et même à Paris, face au Stade français. Après avoir frôlé la descente en Pro D2, le club a assuré sa participation à la Coupe d'Europe suivante et il s'en est fallu d'un cheveu pour qu'on se qualifie pour les demi-finales du Top 16. À Bourgoin, l'église trônait à nouveau au centre du village. Rajon était redevenu Rajon avec sa foule de fidèles qui vocifèrent à deux mètres de la ligne de touche, le SCBJ pouvait toujours rêver en grand. Moi aussi, désormais.

Durant l'été, le club m'a fait signer mon premier contrat professionnel. Un peu moins de 2 000 euros par mois et un studio en ville qui appartenait à Marc Cécillon. Le studio, pas la ville. Quoique… Marco était toujours l'enfant chéri de Bourgoin-Jallieu cependant, depuis deux ans, il n'avait plus le rugby. Ses projets de reconversion tournaient en rond, comme lui, le soir, de bar en bar, de boîte en boîte, de faux amis en vraies bagarres. À chaque fois, on effaçait l'ardoise mais ce n'était sans doute pas le meilleur service à lui rendre. En août 2004, Marc Cécillon, en pleine dépression, avec 2,6 grammes d'alcool dans le sang, a armé son 357 Magnum et a tué sa femme, Chantal, avec laquelle il était marié depuis vingt-quatre ans. L'histoire a fait grand bruit, une peine de quatorze ans de réclusion a été prononcée contre lui en première instance, et toute la ville s'est sentie un peu coupable d'avoir laissé son idole partir à la dérive. Comme les autres, j'ai été marqué par cette affaire. Cécillon était celui que l'on m'avait présenté comme un modèle lors de mes débuts au CSBJ et je connaissais bien son épouse à qui je versais chaque mois le loyer de mon studio. Ce drame a constitué, pour moi, une sacrée piqûre de rappel contre la fièvre mortelle du vedettariat, même si le contrepoison coulait déjà dans mes veines. Je n'ai jamais boudé les troisièmes mi-temps, mais ma pudeur et mon caractère ombrageux m'ont toujours préservé des amitiés factices et des ivresses de l'ego. Avant de me prendre pour un autre, il aurait déjà fallu que je devienne moi-même.

Et si mon début de carrière prometteur avait dû me monter à la tête, le nouveau duo d'entraîneurs du CSBJ était là pour me ramener sur terre. Adieu le bricolage et les histoires d'hommes à la sauce berjallienne, *welcome* le professionnalisme pur et dur et le pragmatisme à l'anglo-saxonne… Pour entamer la saison 2002-2003, le club vient en effet de recruter Philippe Saint-André et Laurent Seigne, fraîchement auréolés d'un titre de champion d'Angleterre à la tête de l'équipe de Gloucester. Les deux font la paire. Saint-André, ex-capitaine du XV de France, rigoureux, cartésien, stratège habile, Seigne, ancien joueur de Brive, expert de la mêlée qui, sous sa dégaine rustique de pilier à l'ancienne, cache l'esprit le plus fin qu'il m'ait été donné de croiser durant toute ma carrière. Avec eux, une noria d'adjoints débarque à Pierre-Rajon : préparateur physique, staff médical, diététicien, spécialistes de la défense et de la vidéo. Sans oublier la salle de musculation attenante aux vestiaires qui a été érigée durant l'été. Cette fois, le président

Martinet qui, chaque année injecte 1 million d'euros dans les caisses du club, n'a pas lésiné pour que Bourgoin-Jallieu épouse enfin son siècle.

Dès la première semaine de son mandat, Laurent Seigne me convoque pour un long entretien auquel je me rends dans mes petits souliers. Je ne sais pas pourquoi mais, avec sa voix d'ours et son regard perçant sous des sourcils en broussaille, il m'en impose naturellement, un peu comme mon père. « Alors, tu te vois comment comme joueur ? » Ouh ! Là... Et ce n'est qu'un début car la plupart de ses questions atterrissent là où je ne les attends pas. J'y réponds avec franchise, mais je crois que, plus que ce que je lui dis, c'est la façon dont je le dis qui l'intéresse. Il cherche à tester mon état d'esprit, ma volonté de progresser. « En touche, tu es premier ou deuxième sauteur ? » Comme s'il ne le savait pas. Comme s'il ne s'était pas tapé des nuits blanches devant les vidéos des matchs de la saison dernière. « Bah ! Je saute plutôt en début d'alignement, mais j'aimerais pouvoir intervenir en fond de touche. Il faudrait que je perde quelques kilos, je suis à cent vingt actuellement... » Après avoir joué au chat et à la souris pendant une heure, il finit par me dire qu'il compte sur moi et que je fais partie des cinq joueurs qui vont entrer en concurrence au poste de deuxième ligne, dont un Sud-Africain monstrueux, Matthys Stoltz, qui vient de poser ses valises et ses boîtes de protéines à Bourgoin.

J'attaque la saison tambour battant. Super préparation physique qui m'a fait descendre à cent dix-sept kilos, super match amical à Cardiff où nous effectuons notre stage de fin d'été, super début de Top 16 à Clermont-Ferrand qui me vaut d'être cité parmi les meilleurs joueurs de la rencontre et de découvrir mon nom en gras, le lendemain, dans *L'Équipe* et *Midi Olympique*. Là-dessus, Castres débarque à la maison. Encore un bon match, mais une bagarre éclate en deuxième mi-temps et j'écope d'un carton jaune. Et ça, Saint-André ne supporte pas. Il fait une fixette sur la discipline. Déjà, il parle de me mettre au placard. D'autant que, deux week-ends plus tard, je finis par me battre tout seul contre la moitié de l'équipe adverse. Par chance, j'ai un bon avocat en la personne de Laurent Seigne. « Écoute Philippe, je préfère aligner un gonze un peu trop bouillant qu'une serpillière qu'il faudrait transformer en tigre… » Si l'on excepte mes écarts de conduite, mon attelage avec Lionel Nallet fonctionne de mieux en mieux : complémentaire, puissant, mobile. Prémices de belles noces en bleu. Je suis comme ça, en sursis, jusqu'à un voyage à Glasgow, en Coupe d'Europe. Là, en cours de match, j'ai les fils qui se touchent. Je ne sais plus ce qu'a fait le talonneur d'en face, mais ça ne me plaît pas, je vois rouge, et le type qui était titulaire en équipe d'Écosse se retrouve les bras en croix. Nouveau carton jaune. Le carton de trop, même pour Laurent Seigne qui, cette fois, se désolidarise : « Ce n'est plus possible, Pascal. Quand tu auras décidé de te calmer, on te reprendra. Ou, alors, sois plus discret… »

La quarantaine m'a fait du bien. J'ai beaucoup réfléchi sur le fait que, justement, je ne réfléchissais pas. D'où me vient ce tempérament de révolté, ce goût immuable pour la bagarre ? Des coups que j'ai reçus dans mon enfance. Les coups de la vie. Sous mes roulements d'épaules, je suis sensible et j'ai les nerfs en porcelaine. Un rien suffit à me déboussoler. Trop de haine refoulée, pas contre mes adversaires, non, contre l'injustice, contre le mauvais sort que j'ai dû subir. C'est pour ça que j'exorcise avec mes poings tout ce que je n'ai jamais su exprimer avec les mots. Et qu'est-ce que je peux changer à ça ? Pas grand-chose. C'est mon passé, c'est dans mes gènes. Dans l'équipe, pourtant, je ne suis pas le seul enragé. Un type comme Pierre Raschi, par exemple, n'a pas son pareil pour transformer la mêlée en ring de boxe. Cependant, il ne le fait jamais à ses dépens. Neuf fois sur dix, c'est son adversaire qui sort sur carton jaune. À force de provocations verbales et de gnons discrets, notre troisième ligne centre parvient toujours à le faire dégoupiller. Il faut que je m'inspire de cet exemple. Le vrai taulier du pack c'est lui, même si sa renommée n'arrive pas à la cheville de celle d'un Nallet ou d'un Chabal. Sur le terrain, Raschi pétille de vice mais aussi d'intelligence. Qui pourrait croire que, derrière ses invectives, ses cheveux en brosse et sa tronche de paysan, se cache un esprit brillant qui a décroché haut la main son diplôme d'ingénieur ? J'ai beaucoup cogité et j'en ai conclu qu'à défaut d'éradiquer mes pulsions il devenait urgent de me montrer plus malin qu'elles. Il y a tellement de façons de libérer son agressivité et de faire mal à ses adversaires sur un terrain de rugby… Au bout d'un mois, je suis revenu dans l'équipe avec mes nouvelles résolutions, et je n'en suis plus jamais ressorti. Ma férocité était intacte, mais si mon vis-à-vis devait faire appel au soigneur c'était parce que je lui avais frotté les côtes sur une percussion ou un placage bien sentis. Et si le type me branchait et me traitait de « fils de pute », je ne mouftais plus. J'ajustais le viseur et j'attendais le prochain regroupement. Ça n'a pas fait de moi un saint. Je ne dis pas que je n'ai pas replongé, ici où là. Mais discrètement, dans les règles. Dans l'enchevêtrement viril des mêlées ouvertes et la touffeur exquise des corps à corps.

Cette prise de conscience a changé ma carrière. Aujourd'hui, je sais que si je suis devenu le joueur que je suis devenu, je le dois d'abord à l'influence de Laurent Seigne. Lui seul a su trouver les mots. Lui seul a fait l'effort de me comprendre. Un jour, après un match, il s'est assis à côté de moi, dans les vestiaires. Il m'a expliqué que je progressais, que j'avais de vraies qualités de joueur de ballon, adroit en touche et sur les coups d'envoi. « Et pourtant, je te le dis honnêtement, tu n'utilises que cinquante pour cent de ton potentiel... » Il employait sans cesse cette expression : « Je te le dis honnêtement. » Saint-André prétendait même qu'il l'avait exportée en Angleterre, et qu'à Gloucester il commençait toutes ses phrases par « *Honestly...* » pour la plus grande joie de ses joueurs et des journalistes locaux. Bref, Seigne a poursuivi : « Je vais te faire bosser, Pascal, tu vas intervenir dans des zones où tu ne mets jamais les pieds, c'est toi qui vas faire avancer l'équipe... » Quand je plaquais, je pouvais détruire mon adversaire, mais je ne plaquais pas assez souvent, pensait-il. « C'est une question de replacement, je te le dis honnêtement, tu ne te replaces pas assez vite, on va travailler ça... » Il m'a ouvert des horizons que je ne soupçonnais pas. Il m'a modelé à un tournant de ma carrière. Grâce à lui, j'ai grandi. Honnêtement.

Toutefois ce mentor n'a pas fait que du bien au rugbyman. Il a surtout réussi à réconforter l'homme, et ça c'était une autre paire de manches. Sans doute parce que lui aussi avait eu une enfance cabossée et qu'il en avait triomphé à la seule force de son caractère. Et de son intelligence. Cette intuition lui a permis de percer en quelques mois le secret que je cachais depuis plus de vingt ans. Un soir de troisième mi-temps, dans le tumulte des chants et des rires, il m'a rejoint au bout du bar. « Toi, je sais que tu as quelque chose de différent… » Il m'a posé une ou deux questions sur mon père et mes sœurs. Puis il a évoqué sa propre histoire sans s'étaler sur les détails, juste en me faisant comprendre qu'il en avait bavé, lui aussi, quand il était enfant. « Je crois qu'on se ressemble », a-t-il ajouté. J'étais scotché. Je n'ai pas compris où il avait appuyé, mais c'est venu tout seul, d'un trait, je lui ai tout raconté. Ma naissance, mes parents, ma honte et mes tourments. Je ne l'avais jamais fait et je ne l'ai plus jamais refait. Il n'a pas eu l'air surpris. « Elle est belle, ton histoire, un jour, tu verras, tu auras envie de la raconter… » Bon, là, j'avais beau être impressionné par ses dons de médium, j'ai pensé que ce n'était pas demain la veille.

Le printemps est arrivé et, avec lui, le parfum des phases finales. J'avais définitivement pris ma place dans le pack du CSBJ et renvoyé le colosse sud-africain en transit. Un jour que je revenais de l'entraînement, au volant de la vieille Twingo que ma mère m'avait donnée lors mon emménagement au lycée L'Oiselet, mon portable a sonné. J'ai écouté le message, une fois rentré dans mon studio. C'était un journaliste du *Midi Olympique* : « Bonjour Pascal. Je t'appelle parce qu'on voudrait publier un papier sur toi. J'ai appris qu'à Givors tu jouais sous un autre nom. C'est marrant. Je crois qu'on pourrait faire un beau portrait humain. Tu me rappelles ? » Tu parles que non. Je suis retourné au stade, direct, pour retrouver Laurent Seigne dans son bureau. J'étais en panique complet, j'ai bafouillé en lui expliquant ce qui m'était arrivé. Il a souri, sans un mot, et il a décroché son téléphone.

« Salut, c'est Laurent, tu as appelé Pascal ? … Et pourquoi, un article sur lui ? … Je m'en fous du portrait humain, qu'est-ce que tu veux raconter ? … Hein ? C'est quoi ces conneries ! Il s'appelle Papé, ça fait vingt-deux ans qu'il s'appelle Papé ! … Ouais, ben, à la Ligue du Lyonnais, ils se sont mélangé les crayons. Il a toujours joué sous le même nom. Si tu étais un peu malin, tu ferais un article sur lui, mais pour dire qu'il sera bientôt aux portes de l'équipe de France. Ça, c'est la vérité, je te le dis honnêtement. … OK. Salut. Et, la prochaine fois, fais gaffe à ce qu'on te raconte… »

Puis, il s'est tourné vers moi, avec son sourire qui faisait curieusement plisser son large front : « Voilà, c'est fait. Je pense que tu devrais être tranquille pour un petit bout de temps… »

– 5 –

Un autre homme

Cinq ans plus tard, cette histoire d'un junior nommé Pascal Bardon a bien failli me revenir en pleine figure. Et, sur ce coup, je n'ai eu besoin de personne pour lancer le boomerang. Par inadvertance, je m'y suis collé tout seul comme un grand. Nous sommes au printemps 2008, Marc Lièvremont vient de prendre les rênes du XV de France. Parmi ses nouveaux adjoints : Didier Retière, en charge du paquet d'avants. Un technicien affable et carré dans tous les sens du terme qui, dans une vie précédente, s'occupait de la détection des espoirs à la Fédération française de Rugby. Quelques semaines après sa nomination, je me retrouve à sa table, au petit déjeuner, lors d'un rassemblement du XV de France. Et là, je ne sais pas ce qui me prend, sûrement que je ne suis pas bien réveillé, mais les souvenirs se bousculent dans mon cerveau et, du tac au tac, je lui demande s'il se rappelle de moi car moi je me souviens parfaitement de lui. « Tu sais, quand j'étais en sélection juniors du Lyonnais, tu étais venu nous voir jouer à Bourg-en-Bresse… » Oups ! Dans la seconde, j'ai envie de me gifler. Je voudrais rembobiner la bande, ravaler mes mots en même temps que ma tartine, mais c'est déjà trop tard. Je le vois qui change de tête, ses yeux s'écarquillent, sa mémoire semble s'agiter, et j'entends la phrase tant redoutée qu'il finit par lâcher sur un ton incrédule : « Mais, oui, bien sûr… Tu jouais à Givors, numéro 8, je t'avais repéré à l'époque… Mais, dis-moi, il s'est passé quoi ensuite ? À la Fédé, on a complètement perdu ta trace ! » Ma trace ? Non ! Enfin, si, peut-être, mais, c'est trois fois rien. Un truc administratif. Un truc tout con. Je vais t'expliquer. « En fait, tu vois, c'est mon père, il avait oublié de me reconnaître à la naissance… »

Un café plus tard, on en était rendus au point de se dire qu'en juniors j'avais été listé sous le nom de Bardon, mais qu'en réalité je m'appelais aussi Papé et que l'histoire tenait davantage du bug informatique que d'une enquête à la James Bond. Retière n'y a vu aucune malice de ma part et personne, en équipe de France, n'a jamais rien su de mon secret. Même pas mes proches du pack de Bourgoin. Même pas Nalluche, avec qui j'ai poussé pendant dix ans dans la mêlée. Même pas Julien Bonnaire, ce frère de rugby qui m'a accompagné des espoirs du CSBJ à la finale de la Coupe du Monde. Eux aussi vont apprendre d'où je viens et qui je suis dans ce livre.

Le XV de France, donc. Encore une fois, Seigne avait eu raison avant tout le monde. En mai 2003, quelques semaines après que mon mentor a recadré un journaliste en lui suggérant de s'intéresser à mon futur destin en Bleu plutôt qu'à mes papiers d'identité, j'ai eu la joie d'être sélectionné par Bernard Laporte, alors grand manitou du rugby français, pour la tournée d'été en Argentine. Une convocation en forme de tremplin vers la Coupe du Monde qui devait se tenir un peu plus tard en Australie. Un coup pour rien, en fait. Lors du dernier match de championnat, à Pau, je me suis fait mal en tombant sous un placage, ce qui ne m'arrivait quasiment jamais grâce à ma technique de judoka, et j'en ai été quitte pour une luxation de l'épaule gauche. Deux mois de rééducation. Le XV de France est parti sans moi au pays des *gauchos* et mes espoirs de participer à la Coupe du Monde se sont envolés avec lui.

J'ai soigné mon épaule durant l'été et j'ai réattaqué la saison avec la ferme intention de rattraper le temps perdu. Au même moment, les Bleus effectuaient un début de Coupe du Monde spectaculaire en pulvérisant les Fidji, le Japon et l'Écosse. Je me souviens que j'ai regardé leur quart de finale contre les Irlandais en me tortillant sur mon canapé car, depuis plusieurs jours, j'étais en proie à une infection « mal placée » comme l'on dit pudiquement. Un poil avait poussé sous la peau au niveau du coccyx, provoquant un kyste pilonidal, désolé pour les détails mais ils ont leur importance, puisque le surlendemain le téléphone a sonné, c'était Bernard Laporte et son ton sans réplique : « Brouzet s'est pété contre les Irlandais, il nous manque un deuxième ligne. Tu vois avec la Fédé pour l'intendance et tu sautes dans le premier avion pour l'Australie… » Même si j'avais voulu l'avertir du problème, je n'aurais pas pu, il avait déjà raccroché. Ça ne tombait pas plus mal car je me sentais un peu couillon avec mon histoire de poil sous la fesse et, comme souvent dans ces cas-là, je suis allé voir Laurent Seigne pour me tirer de ce mauvais pas. C'est lui qui s'est chargé d'annoncer mon forfait aux dirigeants du XV de France, lesquels se sont rabattus sur le Montferrandais Thibault Privat pour finir la Coupe du Monde. Conclusion : si, conformément à la prédiction de mon entraîneur, je me trouvais bel et bien « aux portes de l'équipe de France », je commençais à désespérer d'en franchir le seuil.

Ce 16 novembre 2003, sous des trombes d'eau et un déluge de coups de pied de Jonny Wilkinson, la défaite des Bleus en demi-finale de la Coupe du Monde a brisé net l'euphorie suscitée jusque-là par l'équipe de Bernard Laporte. Le jeu à mille passes orchestré par Frédéric Michalak s'est enlisé dans le bourbier de Sydney et les Anglais, pragmatiques et surpuissants, ont filé droit vers leur premier titre mondial. Comme d'habitude, la presse, qui avait encensé le style primesautier du XV de France, a tourné casaque, pointant le fossé qui séparait le maître Wilkinson du prodige Michalak et se moquant des errements tactiques d'une équipe prise à revers par la météo et qui ne possédait pas de plan B. De retour à Pierre-Rajon, les deux Berjalliens qui avaient participé à l'aventure, le pilier Olivier Milloud et un Sébastien Chabal encore imberbe, ont remâché leur frustration pendant quelques semaines. Mais le plus revanchard d'entre tous les Bleus n'était autre que Bernard Laporte qui, dès le premier match du Tournoi des 6 nations 2004, va partir en reconquête, avec un plan, un seul, mais le bon. Ici, il faut imaginer ses accents de marteau-pilon et sa façon de rouler les « r » comme des cailloux : « Les gars, on a quatre matchs à gagner pour s'offrir une finale lors de la dernière journée du Tournoi. Cette année, on finit contre les Anglais, au Stade de France, ça vous dit quelque chose, les Anglais ? Quatrrrre matchs pour une finale ! Et ce jour-là, qu'il pleuve ou qu'il neige, on va leur montrer que Sydney n'est plus qu'un lointain souvenir... » Dans sa bouche, on aurait juré que les mots les plus insignifiants comprenaient cinquante-quatre lettres et que les « Rosbifs » n'avaient plus qu'à bien se tenir. Je m'en souviens très bien. J'y étais.

J'avais appris ma sélection par un coup de fil de Laurent Seigne, une quinzaine de jours plus tôt. « J'ai eu Bernard au téléphone, ce n'est pas la peine d'acheter le journal demain : il te prend dans la liste pour le match contre l'Irlande… » J'en avais eu les poils qui se dressent, ce qui m'avait permis de m'assurer que mon système pileux était enfin rentré dans l'ordre, tout comme mon épaule gauche et que, cette fois, la roue avait tourné. Mon premier coup de fil avait été pour mes parents. Mon père avait branché le haut-parleur, j'entendais ma mère qui s'exclamait dans son dos : « C'est formidable, mon chéri ! On est très fiers, tu sais ! », et lui, plus sobre : « Tu vois, mon gros, quand on bosse, on y arrive toujours. Maintenant, le plus dur est à venir… » Il pouvait m'appeler « mon gros » comme « mon grand » ou encore « mon petit », ça dépendait des jours, et je n'y prêtais même plus attention puisque tout son amour tenait dans le « mon ».

La journée m'avait semblé interminable car, à l'exception du coup de fil à mes parents, j'avais dû garder le silence jusqu'au lendemain et la publication officielle de la liste des vingt-deux joueurs. Je m'y étais astreint moins par superstition que par respect vis-à-vis des copains d'entraînement, notamment les mondialistes qui, eux aussi, pouvaient espérer en être malgré la volonté de renouvellement affichée par Bernard Laporte après l'échec de Sydney. De fait, quand j'avais acheté les journaux le lendemain matin, puisque je n'avais pas pu m'empêcher de les acheter tous – de *L'Équipe* au *Dauphiné* en passant par *Le Progrès* et *Aujourd'hui en France* – j'avais découvert qu'un seul Berjallien était retenu dans le groupe France et que c'était moi. Par la suite, j'avais eu du mal à trouver le sommeil pendant quelques jours, tous mes souvenirs de gamins tournaient en boucle dans ma tête. Je me revoyais avec mon père devant les matchs du Tournoi commentés par Pierre Salviac et Pierre Albaladejo, sauf qu'à un moment Serge Blanco transperçait la défense adverse et il trouvait au soutien son infatigable deuxième ligne Pascal Papé qui s'en allait marquer l'essai. La crainte de me blesser lors des deux rencontres que je devais jouer avec le CSBJ avant le rassemblement de l'équipe de France me hantait également. Pour l'exorciser, j'avais décidé de me livrer à fond, de ne surtout pas me retenir car c'était encore la meilleure façon de se faire mal, et cela m'avait conduit à livrer deux de mes meilleurs matchs de la saison face à Gloucester et Colomiers, alors que je ne pensais déjà qu'à l'Irlande.

Six jours avant le grand rendez-vous, je suis monté à Paris pour rejoindre le Centre national de Rugby, à Marcoussis, dans l'Essonne : un camp de base flambant neuf inauguré par l'équipe de France l'année précédente. À l'excitation du néophyte se mêlait l'angoisse d'être le seul Berjallien convié à ce rassemblement. À l'époque, le XV de France affichait une forte coloration basco-parisienne, le Biarritz olympique et le Stade français en étant les principaux pourvoyeurs. Les Toulousains, eux aussi, avaient leurs pantoufles à Marcoussis, à commencer par Fabien Pelous, le capitaine aux cent dix-huit sélections. Chez nous, à Bourgoin, cette mainmise de la capitale et surtout du Sud-Ouest passait mal. Ensuite les temps ont changé, mais à l'époque on avait vraiment le sentiment d'être des mal-aimés, les vilains petits canards du « rugby cassoulet ». Comment expliquer qu'un guerrier comme Pierre Raschi n'ait jamais connu la moindre cape en bleu ? Pourquoi Stéphane Glas avait-il été snobé par toutes les équipes de France de jeunes alors qu'il s'était imposé, par la suite, comme le meilleur trois-quarts centre de sa génération ? Et même moi, pour quelle raison n'avais-je pas eu ma chance chez les Bleuets alors qu'à dix-neuf ans je tutoyais déjà les meilleurs ? Enfin, bon, je venais d'être retenu dans la grande équipe de France, ce n'était pas le moment de convoquer la Haute Autorité contre les discriminations. N'empêche, quand les copains du CSBJ avaient appris la composition du groupe pour le match contre l'Irlande, ils ne s'étaient pas privés d'enfoncer le clou : « Un Berjallien pour cinq Biarrots, c'est le quota... »

Donc, j'arrive à Marcoussis et je me fais tout petit. Je n'ai que ma réputation pour m'accompagner et je ne suis pas sûr que ce soit un plus. Si je ne connais aucun joueur personnellement, j'en ai quand même croisé quelques-uns sur les terrains du championnat et je n'ai pas pu m'empêcher de leur laisser ma carte de visite. Je me suis bigorné avec les Biarrots Serge Betsen et Imanol Harinordoquy. J'ai eu maille à partir avec le pilier d'Agen Jean-Jacques Crenca et aussi avec mon concurrent en deuxième ligne, le Parisien David Auradou. Et même avec Fabien Pelous, j'ai échangé des amabilités… Quand je fais le compte, je m'aperçois que je me suis plus ou moins embrouillé avec les trois quarts des gars qui composent le paquet d'avants de l'équipe de France. Et pourtant, il n'y a aucun malaise lorsque je déboule sur la moquette blanche de Marcoussis pour les rejoindre dans la salle de billard qui leur sert de QG. Bibi Auradou, mon futur compagnon de chambrée, me serre la pogne en éclatant de rire : « Quel match de pénibles, l'autre jour à Rajon ! » On se tape la bise avec les Biarrots : « Ah ! Les Berjalliens, vous êtes bien lourds quand vous vous y mettez ! Comment ça, les Basques aussi ? » Et tous les autres font valoir la prescription sur le ton de l'humour et de la fraternité musclée. Moi, aussi, j'ai déjà passé l'éponge. Après tout, c'est ça, le rugby. « Savoir donner et partager dans le rude », comme dirait Daniel Herrero. Une façon d'être plutôt qu'une façon de jouer. L'école de la vie, quoi.

Pas le temps de philosopher davantage. Déjà, on m'appelle au téléphone. C'est Laurent Seigne. Il me parle du match de samedi comme si cela ne faisait aucun doute que Laporte allait m'aligner dans son XV de départ. Il conseille de me régaler, de faire ce que je sais faire et de ne surtout pas me laisser submerger par l'émotion. « Si tu lâches tout au moment de *La Marseillaise*, je te le dis honnêtement, tu n'auras plus rien à proposer pendant le match. Les Irlandais, ils ne vont pas attendre que tu replies ton mouchoir pour te rentrer dans le buffet ! » Je me demande s'il a vu ça dans son marc de café ou si Bernard Laporte lui a glissé qu'il comptait me titulariser d'emblée. À défaut d'être copains comme cochons, je sais qu'ils entretiennent un rapport de confiance car Seigne, contrairement à d'autres, ne tient pas de double discours avec le sélectionneur. Il est toujours honnête sur l'état de forme des joueurs du CSBJ qui postulent au XV de France et il se réjouit quand l'un de ses protégés connaît les honneurs de la sélection. Ce n'est pas le cas de Guy Novès, l'entraîneur du Stade toulousain, qui se plaint régulièrement d'être pillé par l'équipe nationale et qui joue au plus malin avec Bernard Laporte pour préserver les intérêts de son club. « Tu es sûr que tu veux prendre Untel ? En ce moment, il ne met pas un pied devant l'autre… » En général, le joueur en question est en pleine bourre et gambade comme un lapin. Douze ans plus tard, ce même Novès a fini par revêtir le costume du sélectionneur et prône désormais l'union sacrée du rugby français et l'intérêt supérieur de l'équipe nationale. Ça me fait doucement rigoler. Je me dis que les gens qui l'ont placé là n'ont vraiment pas de mémoire…

Sinon, Marcoussis, c'est le grand luxe. Surtout quand on ne connaît que Bourgoin. Quarante-deux hectares de verdure et de quiétude, une hôtellerie digne d'un palace, quatre terrains d'entraînement dont un couvert, deux piscines, un hammam, une salle de musculation suréquipée, du personnel aux petits soins et une blanchisserie qui tourne vingt-quatre heures sur vingt-quatre. Quand on sort de sa chambre, on n'a plus qu'à enfiler ses crampons. Même pour le smoking d'après match, ils ont tout prévu. Un employé d'Eden Park, l'enseigne des joyeux lurons du Racing, a fait le déplacement à Marcoussis pour prendre nos mesures à William

Servat et à moi. Le type a eu un peu de mal à faire le tour de nos épaules mais, samedi, notre tenue de soirée taillée au millimètre nous attendra dans les vestiaires du Stade de France. Avec le talonneur de Toulouse, nous sommes deux bleus chez les Bleus. Le manager de l'équipe, Jo Maso, ex-attaquant flamboyant des années 1970 reconverti en vieux sage à lunettes, nous a pris à part, dès le premier soir. Il s'est d'abord renseigné pour savoir si l'on avait des contrats avec d'autres équipementiers que celui du XV de France. Puis il nous a affranchis sur ce qui nous attendait, dès samedi prochain. « Vous ne le savez pas encore mais, ce maillot bleu, il va changer votre vie. Quand on devient international, on devient un autre homme. » Pour l'heure, ce ne sont que des mots. Je comprendrai plus tard.

Et si, une fois de plus, Seigne était dans le vrai ? Au deuxième jour de stage, lors de l'entraînement en opposition, Laporte choisit de me placer au côté de Fabien Pelous tandis que Bibi Auradou enfile la chasuble de remplaçant. Je m'efforce de ne pas y voir un signe. Je me dis que c'est pour apprendre les systèmes de jeu, que Bibi, lui, les connaît par cœur puisqu'il vient de disputer la Coupe du Monde, enfin, bon, je ne m'enflamme pas, mais ça me titille quand même le cerveau. Ce n'est pourtant pas le moment de se déconcentrer. Le carnet de jeu du XV de France, sorte de bréviaire tactique recensant la plupart des situations de match et la meilleure façon de les négocier, est bien plus ardu qu'à Bourgoin. Avec le CSBJ, on joue toujours un peu de la même manière. Les avants monopolisent le ballon, on tord nos adversaires dans tous les sens, et quand le demi de mêlée ouvre vers les trois-quarts, ils n'ont plus qu'à courir dix mètres pour marquer l'essai. Mais à Marcoussis, c'est Polytechnique. Avec Laporte, l'équipe est subdivisée en cellules de deux ou trois joueurs savamment disposées sur toute la largeur du terrain. Le ballon vole de mains en mains dans une sorte de va-et-vient incessant. Il n'y a plus vraiment d'avants ni de trois-quarts ou, du moins, un deuxième ligne de cent vingt kilos doit être capable de conclure un deux contre un comme un ailier aux pieds de gazelle. Sur chaque mêlée, sur chaque touche, les quatre premiers temps de jeu sont programmés pour étirer au maximum la défense adverse là où, avec les gros de Bourgoin, on se contente de pilonner sur la ligne de front. Et il y a encore toutes sortes de subtilités qui m'échappent, sur les renvois, sur les touches dans notre camp… Heureusement, Pelous se montre bienveillant à mon égard. « Si tu as un doute sur un lancement de jeu, si tu ne sais pas comment te replacer après une mêlée, n'hésite pas à me demander, même en match ! » Ça ne tombe pas dans l'oreille d'un sourd. Je ne le côtoie pas depuis longtemps, mais le capitaine du XV de France me bluffe déjà par sa sérénité. On sent le joueur qui maîtrise son sujet, le type au-dessus de tout, très focalisé sur sa performance personnelle, mais pas seulement. Du haut de sa montagne de sélections, Pelous se sait à l'abri de la concurrence et n'hésite pas à transmettre son savoir. Visiblement, il ne me tient pas rigueur d'avoir pris la place de ses jeunes coéquipiers toulousains, Lamboley et Millo-Chluski, qui, tout comme moi, pouvaient prétendre à la sélection.

Laporte, lui aussi, est très sympa avec moi. Et étonnamment cool. « Je suis content que tu sois là », m'a-t-il glissé à mon arrivée sur un ton sucré qui ne lui ressemble pas. Je ne reconnais pas celui que le milieu du rugby surnomme « Bernie le Dingue ». Chaque jour, j'ai droit à mon clin d'œil et à ma poignée d'encouragements. Le soir, je l'aperçois au coin du bar, en train de siroter sa bière, en père peinard, en compagnie de ses adjoints et d'un bol de cacahuètes. Je pensais me retrouver face à l'aboyeur en chef de la pub Lustucru et je découvre un précepteur cordial et prévenant. En même temps, hier à l'entraînement, je l'ai vu devenir tout rouge et s'en prendre à Christophe Dominici, le doyen de l'équipe, pour une passe dix centimètres trop basse. On aurait cru que ce pauvre Domi avait commis un crime contre l'humanité. Je me dis que je bénéficie de l'état de grâce du débutant et que je ne perds rien pour attendre. Un jour, moi aussi, j'en prendrai pour mon grade si, par bonheur, je m'installe chez les Bleus. Mais, pour ça, il faut d'abord que je me rentre dans le crâne ce foutu carnet de jeu.

J-2. Ce matin, dans l'amphithéâtre de Marcoussis, Laporte et Maso ont dévoilé la composition de l'équipe devant une cinquantaine de journalistes. Depuis, l'information tourne en boucle sur toutes les chaînes d'info : « Deux nouveaux dans le XV de France qui va débuter le Tournoi des 6 nations face à l'Irlande… » Avec

Servat, on est titulaires. Sur ce coup, Laporte m'a encore pris à contre-pied. Je l'ai croisé à la sortie de sa conférence de presse et il m'a lancé dans un grand sourire : « Bravo, hein ! C'est bien, Pascal ! » Il m'a félicité comme un pote qui viendrait d'apprendre la nouvelle alors que c'est lui qui a fait l'équipe. J'ai balbutié un truc débile, genre : « Ouais, c'est super ! » Puis, j'ai filé à la salle de musculation et j'ai soulevé de la fonte pour éliminer un peu de sueur et d'émotions. À part ça, j'ai eu mes parents au téléphone. Ils arrivent samedi matin à Paris. Je leur ai obtenu deux places en tribune présidentielle. J'aurais pu en avoir plus, au moins une dizaine, et inviter mes sœurs et mes potes de Givors, mais je n'ai pas voulu m'encombrer la tête avec ça. J'ai besoin de ne penser qu'à mon match. Oublier le cérémonial, comme me l'a conseillé Laurent Seigne. Si je commence à chercher des têtes connues dans les tribunes, c'est foutu, je risque de perdre les pédales et de zapper tout ce que je m'acharne à mémoriser depuis le début de la semaine. À l'entraînement, je sens bien que je manque de repères. J'ai beau réviser mon petit Laporte illustré comme un comédien repassant son texte à la veille d'une première, il m'arrive encore d'être perdu au bout de deux temps de jeu. Il paraît que ce sont les Néo-Zélandais qui ont inventé ce rugby de mouvement perpétuel et ce système de joueurs évoluant par blocs. Laporte et Jacques Brunel, son adjoint pour les lignes arrière, s'en seraient inspirés pour mettre en place le jeu du XV de France. J'adore les All Blacks, je n'oublie pas que je leur dois mon BEP mais, parfois, je me dis qu'ils poussent la science du rugby un peu trop loin. Par chance, Pelous tient sa parole et son rôle de chaperon sans rechigner. Il m'aiguille dès qu'il s'aperçoit que je pars dans le mauvais sens. La plupart du temps, j'essaye de calquer mes déplacements sur les siens. « Demande-moi, insiste-t-il, même pendant le match… » C'est sympa, mais je ne me vois pas transformer chaque mêlée en quiz.

À la veille du match, nous avons demandé à découvrir le Stade de France en avant-première, Servat et moi. Laporte a trouvé que c'était une excellente idée et nous avons quitté Marcoussis en début d'après-midi, avec les buteurs Dimitri Yachvili, Jean-Baptiste Élissalde et Frédéric Michalak qui s'en vont rituellement prendre leurs marques avant le reste de l'équipe. Trois heures plus tard, les autres nous ont rejoints sur la pelouse de Saint-Denis et, dans le silence assourdissant de la cathédrale déserte, Fabien Pelous a dirigé l'ultime session tactique de la semaine, le « team-run » comme disent les Anglo-Saxons, l'entraînement du capitaine. Pour l'occasion, je n'ai pas fait la moindre faute de carre. Hyper concentré, au large lorsqu'il fallait y être, au près quand c'est prévu comme ça : un vrai GPS ambulant… Je crois que j'avais bien fait de m'imprégner plus tôt de l'immensité du Stade de France. Du coup, je ne me suis pas laissé distraire par ses tribunes qui montent au ciel ni par les dimensions XXL du terrain. On a beau l'avoir vu cent fois à la télé, c'est quand même autre chose de se retrouver dans la peau d'un insecte au centre de la pelouse. Jusque-là, question grand stade, je ne connaissais que celui de Perpignan, Aimé-Giral, avec ses quinze mille places à tout casser. Un préau de patronage à côté de ce vaisseau géant.

Après l'entraînement, on ne retourne pas à Marcoussis. Le bus nous dépose dans un palace du quartier de l'Opéra, où se tiendra, demain soir, le banquet d'après match. C'est là que Laporte commence à muter. C'est là qu'il lâche ses cacahuètes pour nous parler de la revanche contre les Anglais et nous haranguer sur les « quattttre » matchs à gagner pour s'offrir cette finale. Évidemment, ça commence par un sans-faute, demain, face aux Irlandais que le XV de France a étrillés, trois mois plus tôt, lors de la Coupe du Monde. « On va leur montrer que les trente points en quarts de finale, ce n'était pas un accident ! Les gonzes, on va les prendre à la gorrrrge ! » Je ne sais pas si c'est parce qu'ils comprennent plus de lettres que les autres mais, dans ma tête, les mots de Bernard Laporte vont résonner jusqu'au coup d'envoi. Dans celle de Servat, aussi, j'imagine. Tous les deux, on ne se lâche pas d'une semelle, à l'entraînement, dans le bus, pendant les discours. Depuis le début de la semaine, nous sommes émerveillés et intimidés comme deux provinciaux à Paris. Le fait de vivre les mêmes choses au même moment, de partager l'excitation et le trac, nous sert à atténuer le poids de l'événement. Tout comme l'insouciance de la jeune garde toulousaine – Michalak, Clerc, Poitrenaud – qui chambre à tout-va et avec laquelle je m'entends très bien sous mes airs de Berjallien farouche. Franchement, une belle ambiance de camaraderie règne au sein de ce XV de France. Par la suite, ce ne sera pas toujours le cas. Toutefois je ne suis pas venu là pour distribuer des bons points ni pour me faire de nouveaux amis. Maintenant, il faut que ça commence.

Ne rien changer à mes habitudes. Ne pas lever les yeux vers les quatre-vingt mille spectateurs qui m'encerclent. Je sais que mes parents sont là, en face de moi, trente-deuxième rang de la tribune présidentielle, mais je ne les vois pas. Je ne veux surtout pas les voir. Les hymnes commencent. Ce n'est rien. C'est juste un match normal avec de la musique avant. Tout va bien. Dans les vestiaires, je me suis répété ce que je me serine chaque week-end depuis que le rugby a éclairé ma vie : « Joue ce match comme si c'était le dernier, tu ne sais pas ce que le destin te réserve… » Tiens, *La Marseillaise* ! Je bouge mes lèvres mécaniquement, je me laisse bercer par les copains qui chantent et qui m'agrippent, j'ai la tête vide et le cœur sec, je me sens fort, je me sens prêt.

Ensuite, tout va très vite, presque trop vite. Dès le début du match, j'ai l'impression d'être en surrégime, de jouer à cent vingt pour cent de mes moyens. Je n'ai pas le choix, on pourrait me couper la tête ça ne m'empêcherait pas de courir, c'est juste une sensation enivrante, une sorte d'état second. Les chocs sont rudes, bien plus rudes que tout ce que j'ai connu jusque-là, les sprints s'enchaînent, les corps plient sous chaque placage, moi-même, j'ai envoyé un Irlandais cul par-dessus tête sur l'un de mes premiers ballons. C'est à l'heure de jeu, quand je demanderai grâce, le capot levé, plus une goutte d'essence dans le moteur, que je comprendrai que je me suis mis trop vite dans le rouge. Malgré cette débauche d'énergie, malgré cette deuxième ligne irlandaise O'Connell-O'Kelly qui m'empoisonne la vie avec ses bras tentaculaires, je récite ma partition sans trop de fausses notes. À force de ressasser mon rôle et de visualiser les situations de match où je devais intervenir, les choses se déroulent comme dans un scénario. J'ai l'impression d'avoir déjà vécu ces actions. Je suis propre dans mes réceptions de balle sur les coups d'envoi, j'enclenche sans coup férir le rouleau compresseur des groupés pénétrants, je m'intercale dans la ligne d'attaque à bon escient. Il faut croire que la programmation mentale, ça aide. Histoire de me rassurer, j'ai quand même demandé une ou deux fois à Fabien ce que je devais faire après une mêlée. « Reste avec moi, y a encore un temps de jeu sur l'aile, et ensuite c'est à nous de prendre le milieu de terrain… » OK, c'est bien ce que je pensais. En rentrant aux vestiaires, on mène 11 à 3. Vincent Clerc a scellé notre domination en inscrivant un essai en débordement et Fred Michalak réalise un sans-faute dans son rôle de buteur. Mais le meilleur reste à venir. L'entame de deuxième mi-temps est irlandaise. Foley marque en coin après un petit jeu au pied d'O'Gara, les verts recollent à 11-10. À ce moment-là, je ne sens déjà plus mes jambes et je respire comme un noyé. On joue la cinquante et unième minute. Nicolas Brusque amorce une relance sur un dégagement irlandais. Il croise avec Dominici, à moins que ce ne soit l'inverse, je ne suis pas sûr, j'ai un voile de sueur devant les yeux, et je suis au moins à trente mètres de l'action. Mais ça se rapproche dangereusement. Domi a virevolté entre trois Irlandais comme lui seul sait le faire, tchic-tchac, et un boulevard s'est ouvert devant lui. Je sens qu'il faut y aller. Ce n'est marqué nulle part, j'ai du béton dans chaque mollet, tant pis si je crève sur le terrain, mais je sens qu'il faut y aller. Déjà, Serge Betsen est au soutien. Au moment d'être plaqué, Dominici lui a passé le ballon et, en athlète infatigable, le Biarrot déboule à grandes enjambées dans les quarante mètres adverses. Il ne m'a pas vu. Avec quatre Irlandais aux trousses, Sergio semble obnubilé par la ligne d'essai, je l'appelle, mais la fureur du stade est telle qu'il ne m'entend pas. Sur la ligne des vingt-deux mètres, un défenseur l'attrape par le col, un autre se jette dans ses jambes, la meute verte lui tombe sur le paletot, c'est foutu. Non. En réalité, Betsen a joué le coup à la perfection. Un quart de seconde avant de rouler par terre, il a dégagé ses bras et, comme s'il avait toujours su que j'étais sur ses talons, il m'adresse une merveille de petite passe qui flotte dans les airs comme une offrande. C'est à moi, maintenant. J'attrape le ballon, je n'ai plus qu'à courir vers les poteaux. Je sais qu'un dernier défenseur, l'ailier irlandais qui se trouve en couverture, va revenir en travers, mais rien ne peut plus m'arrêter. Ni l'acide lactique, ni mes poumons en feu, ni tous les O'Machintruc de la terre. « Jouer ce match comme si c'était le dernier… » Même dans mes rêves, c'était moins bien que ça. Je ne peux plus mettre un pied devant l'autre, et pourtant je sprinte comme un dératé. Je n'ai jamais couru aussi vite de ma vie. Je m'écrase dans l'en-but irlandais avec le ballon, ça fait un bruit sourd, je hurle n'importe quoi, une sorte de cri venu des profondeurs, j'ai mal partout et je ne sens plus rien, c'est magique, les potes accourent pour me relever, me congratuler, les Irlandais se rangent tête basse sous les poteaux, un autre homme, oui, maintenant je vois, personne ne pourra m'enlever ça, personne, jamais.

Bon, ensuite, le match continue mais, pour moi, c'est terminé. Je fais signe au banc de touche que je n'en peux plus. Peut-être que je ne devrais pas leur montrer que je suis rôti, cramé, mais s'il y a un truc que mon père m'a inculqué, c'est l'honnêteté. Je me rappelle le jour où j'avais imploré Estelle de parapher mon carnet de note en imitant sa signature. Mon père avait oublié mes zéros et c'était elle qui s'était fait engueuler à ma place. Il pouvait supporter bien des choses, mais ni le mensonge ni la tricherie. Je suis comme lui, maintenant. Je préfère laisser ma place à Auradou, même si je n'ai tenu qu'une heure. Tant pis si Laporte trouve que c'est un peu court ou si les journalistes prétendent que je n'ai pas la caisse. Je préfère encore ça que de trahir les copains. Moi, je sais que j'ai tout donné. Et même un peu plus que cela. De toute façon, le match est plié. Dans la foulée de mon essai, Yannick Jauzion et Jean-Baptiste Élissalde ont marqué à leur tour. Score final : 35-17. Déjà, le public applaudit en cadence pour le tour d'honneur. Je marche comme un éclopé sur la pelouse. Face à la tribune présidentielle, j'aperçois mes parents qui, eux aussi, frappent dans leurs mains. Je rassemble mes dernières forces pour escalader la balustrade et les rejoindre. Mon père a les yeux qui brillent, ma mère, le regard humide. Moi aussi je suis ému mais, comme d'habitude, les mots s'empilent au fond de mon cœur. Alors, je retire mon maillot trempé de sueur et je l'offre à ma mère. Elle l'encadrera et l'accrochera au mur du salon. Je finis le tour d'honneur comme ça, dépoitraillé, éreinté, béat.

J'adore la troisième mi-temps qui suit. Ça n'a rien à voir avec les après-matchs que je connais. Lors du banquet avec les Irlandais, la tradition est partout : dans les smokings, dans les vins fins et le pigeon farci au foie gras, dans les toasts et les discours des capitaines et des présidents des deux Fédérations. Parmi les deux cent cinquante convives disséminés en tables de huit, j'échange quelques phrases avec des anciens, des jeunes gens de soixante-dix printemps qui ont bâti la légende du XV de France en allant s'imposer au pays des Springboks, en 1958, quand il fallait vingt-quatre heures et trois escales pour rallier Johannesburg. Peut-être que je suis plus sensible que d'autres à ces choses-là, mais j'ai l'impression d'entrer à mon tour dans une grande famille. J'en ressens le poids et la fierté. Toute la soirée, j'y pense. Ça y est, je suis international. Ça y est, j'appartiens à cette petite poignée d'élus qui ont porté le maillot frappé du coq et que les gamins rêvent d'imiter, des étoiles plein les yeux.

Dans les jours qui suivent, Pelous me félicite. « Un essai pour ta première sélection : comme moi, en 1995, contre les Roumains. » Laporte prend ma défense face aux journalistes qui s'étonnent de ma sortie prématurée. « C'est normal, c'est le stress du débutant. Il n'a pas su gérer ses efforts mais, vous verrez, contre l'Italie il tiendra quatre-vingts minutes. » Seigne, au téléphone, m'encourage :

« Bernard m'a dit qu'il était content de toi, il est vachement surpris par ton investissement dans le jeu. » Que des bonnes ondes. Mais je ne compte pas m'arrêter là. Auradou a fait une bonne rentrée quand il m'a remplacé à la soixantième minute face aux Irlandais. Rien n'est acquis. Il faut que je confirme, dès samedi, contre l'Italie de Sergio Parisse.

En dépit de la concurrence qui règne dans l'équipe, l'ambiance est vraiment fraternelle entre nous. À Marcoussis, les repas se prolongent jusque tard dans la soirée. Une heure après la tisane, on est encore une vingtaine à table, à refaire le match, à parler de nos clubs respectifs, à raconter des conneries. J'aime ça. J'ai besoin de ça. Si je connais mon partenaire, je me sacrifierai encore plus volontiers pour lui sur le terrain. Durant mes onze années passées sous le maillot bleu, j'assisterai impuissant à la disparition progressive de cette intimité collective et de ces valeurs. Jusqu'à la Coupe du Monde 2015 où, cinq minutes après le dîner, tout le monde était déjà remonté dans sa chambre. À part trois, quatre grognards dans mon genre totalement déphasés avec la nouvelle génération.

Le match contre l'Italie, au Stade de France, n'est pas une formalité, mais presque. On s'impose 25 à 0 et trois essais à rien. En deuxième mi-temps, sur l'aile droite, Pelous a décalé Harinordoquy qui n'a plus eu qu'à filer derrière la ligne et j'en ai fait de même, sur l'aile gauche, avec Elhorga, à la soixante-quinzième minute. Car, cette fois, j'ai tenu tout le match. Et c'est pour moi la plus belle victoire du jour. Avec cette petite phrase du président de la Fédération, Bernard Lapasset qui, lors du banquet d'après match, nous félicite, Fabien et moi, pour nos deux actions « dignes des meilleurs trois-quarts centre... » Au terme de cette deuxième levée du Tournoi, la preuve est faite que je ne suis pas qu'un expert de la mailloche et que je n'usurpe pas ma place dans le système de jeu ambitieux du XV de France. Bref, tout roule.

Deux semaines nous séparent du match face aux Gallois dans leur antre du Millenium. Je rentre à Bourgoin en tirant la jambe. Contre les Italiens, j'ai pris une béquille en fin de rencontre mais, dans le feu de l'action, je n'y ai pas prêté attention. Les jours qui suivent non plus. Pour moi, c'est juste un pète à la cuisse, un coup comme j'en ai pris des centaines, ça va passer. Mais ça ne passe pas. Quand je repars à Marcoussis, le dimanche suivant, la douleur est toujours là. Le médecin du XV de France, Thierry Hermerel, me fait passer une IRM et découvre que l'hématome s'est propagé : j'ai la cuisse pleine de sang. Du lundi au mercredi, je suis dispensé d'entraînement. Je passe mes journées sur la table des kinés, ce qui n'échappe pas aux cadres de l'équipe. « Alors, Pascal, deux petites sélections et on est déjà au frigo… », taquinent Betsen et Magne dans les couloirs. C'est juste pour chambrer, je fais semblant d'en sourire, mais ça me vexe. Le doc Hermerel finit par ponctionner mon énorme poche de sang. « Je ne sais pas si ça va aller », glisse-t-il en vue du match. Laporte, lui, semble résolument optimiste : « Tu ne reprendras que pour l'entraînement du capitaine, à Cardiff, et ça ira très bien. » En tout cas, il compte sur moi, c'est un bon point. Et cette semaine il n'en a pas distribué beaucoup, notamment à son vieux complice Dominici coupable d'avoir lâché le ballon alors qu'il était seul dans l'en-but italien et qu'il n'avait plus qu'à aplatir l'essai. Quand l'action est repassée en vidéo, le docteur Laporte a laissé la place à Bernie le Dingue ou à Keyser Söze, son autre surnom, et a pris feu instantanément. « Mais qu'est-ce que tu attends, là, Domi, pour aplatir ? Tu veux organiser un barbecue avec les Italiens dans l'en-but ? Tu es trop vieux pour te baisser ? Mais plonge, putain ! Plongggge, plongggge ! Y a des centaines de milliers de gamins qui nous regardent, et toi qu'est-ce que tu nous fais ? Une merde, voilà ce que tu nous fais… » Cinq minutes de sketch où il était difficile de choisir entre le fou rire et la consternation. Par prudence, j'ai opté pour la seconde solution.

Quand on part à Cardiff, j'ai la boule au ventre, et encore un peu à la cuisse. J'ai effectué un mini-footing, j'ai toujours mal, mais je ne le montre pas. Pour ne rien arranger, mon père a prévu de venir me voir jouer avec une vingtaine d'anciens du club de Givors. Ils se sont cotisés pour se payer le voyage au pays de Galles. Il ne manquerait plus que je regarde le match en tribune à côté d'eux. Mais, bon, finalement le stress et l'adrénaline seront toujours plus forts que la douleur. À mesure que le match approche, une sorte de goutte-à-goutte euphorisant s'écoule dans mes veines.

Et il me suffit d'entrer sur la pelouse du Millenium pour oublier définitivement ma cuisse endolorie. Les Gallois ont fermé le toit du stade et l'écho des chants gaéliques et du *Land of My Fathers* retentit à l'infini dans la yaourtière géante. Grand match de rugby, cela dit. Les Gallois se lancent dans la débauche de jeu qui est leur marque de fabrique. Ça court dans tous les sens, il faut plaquer à tour de bras pendant trois, quatre minutes d'affilée, je n'ai jamais été confronté à une telle vitesse d'exécution depuis que je joue au rugby. « Ça va à mille à l'heure ! », me lance Pelous au bout de vingt minutes. C'est ce que je pense aussi. C'est ce que je penserai pendant dix ans jusqu'au jour où je tomberai, par hasard, sur la rediffusion de ce match sur la chaîne ESPN historique. Quelle déception ! L'impression de découvrir les images sépia d'un autre siècle, deux équipes qui jouent à la baballe à un rythme de sénateurs… Enfin, sur le moment, j'ai l'impression de disputer le match de l'année. D'autant que, les rares fois où les Gallois nous laissent le ballon, on démontre que, sous notre épais carnet de jeu, le *french flair* est loin d'être mort. À la mi-temps, on mène 13 à 12 grâce à une inspiration de Michalak contournant toute la défense rouge pour servir Clerc qui, lui-même, décale victorieusement Harinordoquy. La moitié du contrat est remplie, je me dis que les anciens de Givors n'ont pas fait le voyage pour rien. Ensuite, notre mêlée ultradominatrice et les pieds affûtés d'Élissalde portent le coup de grâce à nos adversaires. Les chants s'éteignent dans le Millenium, et quand un Gallois ne chante plus c'est qu'il est déjà mort. Victoire 29-22. La marche vers le Grand Chelem continue…

La semaine qui suit, je rentre à Bourgoin et j'apprends la sélection de Julien Bonnaire, en troisième ligne, pour le match contre l'Écosse. C'est la première fois que mon pote est appelé en équipe de France. Je m'en réjouis presque autant que lui. Juju incarne tout ce que j'aime : simplicité, droiture, fidélité à ses racines. Ses parents tiennent une boucherie à Bourgoin, il ne s'est jamais pris pour un autre. Et, pourtant, il le pourrait tellement sa présence parmi nous est indispensable, sur le terrain comme dans la vie. Je suis fan du joueur, habile et élégant comme un trois-quarts, impérial en touche, mais l'homme m'impressionne encore davantage.

Onze mois sur douze, il arrive à l'entraînement avec la banane, même s'il neige, même si l'on a pris une trempe le week-end précédent. « Vous vous rendez compte la chance qu'on a d'être payés pour jouer au rugby ! », lance-t-il quand il pénètre dans le vestiaire. Sa classe et sa bonne humeur sont contagieuses. Rien qu'à le voir, ça va déjà mieux. Par ailleurs, j'ai eu ma mère au téléphone. Elle m'a dit que papa avait bien apprécié sa soirée au pays de Galles. Et aussi qu'elle avait eu des nouvelles de Josette Bardon, je ne sais plus comment, peut-être par le tuteur qui s'occupait d'elle, désormais. « Il paraît qu'elle suit tous tes matchs et qu'elle est très fière de toi… » Elle a raconté ça pour me faire plaisir, en pensant que j'avais réglé mes comptes avec mon passé, que c'était derrière moi, mais non, ce n'est pas derrière moi, ça ne le sera peut-être jamais. Évidemment, je ne lui ai rien dit, mais cette histoire m'a turlupiné jusqu'au match contre l'Écosse. Chaque soir, au moment de m'endormir, j'ai imaginé la scène : Josette Bardon devant l'hôtel des Bleus, ou sur France 3 Lyon, en train de déblatérer sur son cher et tendre fils qui ne portait plus son nom.

Avant de partir vers Édimbourg, je me suis fait remonter les bretelles par Laporte, mais pas de quoi faire des cauchemars, j'en ai suffisamment en stock. « Qu'est-ce que tu fous, là, Pascal ? Tu marches, regarde, tu marches ! La prochaine fois, si tu es fatigué, tu me le dis et je te sors… », a-t-il hurlé devant la vidéo de Galles-France. Bah ! Sûrement que je commence à faire partie des meubles. Fini les friandises et les clins d'œil pour me mettre à l'aise. Je le prends presque comme une promotion. N'empêche, il faut que je fasse gaffe contre les Écossais. Cours, Pascal, cours… Ça tombe bien, le match s'y prête. L'équipe du chardon est au creux de la vague depuis bientôt dix ans et parvient tout juste à rivaliser avec les Italiens pour éviter la cuillère de bois. Les cornemuses résonnent toujours dans Murrayfield mais, très vite, ça tourne à l'homélie funèbre. Au bout d'un quart d'heure, on mène déjà 11-0 avec un essai d'Olivier Magne, alias Charlie Magne, et une pénalité de Dimitri Yachvili. Les Écossais ont deux piliers en mousse, on les concasse sur chaque mêlée, à partir de là tout devient facile pour nos arrières. Yannick Jauzion inscrit un doublé en deuxième mi-temps, « Yach » poursuit son récital au pied, on laisse échapper cinq ou six occasions d'essai, qu'importe, avant même que l'arbitre fasse retentir le coup de sifflet final on a déjà la tête tournée vers l'Angleterre et la finale au Stade de France. Après ce succès 31-0 en terre écossaise, l'attente du public et des médias va être énorme.

J'ai appris à me méfier des journalistes. Ce n'est pas que je ne les aime pas, mais je pense qu'un journaliste qui fait bien son travail est d'abord un journaliste qui enquête et qui fouine. Or, je n'ai pas envie qu'on fouine autour de ma modeste personne. La seule fois où ça aurait pu se produire, Laurent Seigne m'a mis en garde : « Parle-leur de rugby, comme ça, ils ne s'intéresseront pas au reste. » J'applique sa consigne à la lettre. Avant les conférences de presse à Marcoussis où, désormais, les journalistes et les équipes de télé se bousculent, je me persuade qu'en forçant un peu ma nature ça va bien se passer. C'est comme dans la classe de Mme Seyer : si je reste dans mon coin à jouer les autistes, ça ne fera qu'intriguer et exciter la curiosité des gratte-papier en mal de scoop.

Il vaut mieux faire semblant d'apprécier l'exercice quitte à surjouer un peu le côté brut de décoffrage. Les journalistes adorent les petites phrases. Ça peut marcher. Ça a déjà marché. Dès le match contre l'Irlande, j'ai compris qu'ils me considéraient comme l'un des « bons clients » du XV de France. Tutoiement de rigueur, sourires complices, certains y voient une relation presque amicale, alors que moi j'essaye juste d'être sympa pour pas qu'on m'emmerde.

« Et, sinon, tu le vois comment, ton rôle dans les zones de ruck ?

– Bah ! Je me focalise sur le premier adversaire qui arrive derrière un placage et qui cherche à mettre les mains sur le ballon. Ensuite, j'ajuste la mire et, avec le plus d'élan possible, je l'éjecte d'un grand coup d'épaule. Je vise les côtes. Parfois, ça ripe et ça tombe sur sa tête. En tout cas, je dois lui faire comprendre qu'il n'a rien à faire là… »

Les mecs en ont pour leur argent. J'enrobe le tout avec des airs naïfs de premier communiant. C'est un rêve que je vis éveillé et tout le tralala. Et si, en dépit de mes efforts, l'un d'eux s'aventure sur mes débuts à Givors, je botte en touche. « Un grand club formateur, on en parlera un autre jour, il faut que je file aux soins… » Au fond de moi, j'aimerais bien rendre hommage à mes premiers éducateurs, glisser le nom d'un ou deux potes, faire sourire l'assistance en évoquant l'époque où je cueillais des pâquerettes pendant les matchs. Mais quand je lève les yeux vers la forêt de stylos, j'aperçois immanquablement le vieux journaliste du *Midi Olympique* qui ne rate aucun rassemblement du XV de France et qui note tout dans son calepin. Celui-là même qui avait cru me démasquer un an plus tôt. Évidemment, ça ne m'incite pas à m'épancher.

Cette fois, j'ai invité tout le monde. Mes parents et mes sœurs, bien évidemment, mais aussi toute la clique de Givors, les jumeaux Jimenez, Antoine Drevet, Jérôme Quesada, bref tous ceux qui ont glissé un peu de soleil et d'innocence dans la vie du gamin qui ne parlait pas. Quand ils me voient faire mon numéro à la télé, ça doit leur faire drôle. Moi-même je ne me reconnais pas. Peut-être qu'un jour ça me posera un problème, mais je préfère ne pas y penser. Ce n'est pas le moment de se prendre la tête. Chaque jour qui passe, la pression monte un peu plus autour de ce match pas comme les autres. France-Angleterre, en soi, c'est déjà l'éternel remake de la guerre de Cent Ans. Mais là, tout semble réuni pour que le « crunch », comme disent les journalistes, déchaîne les passions. Nous jouons la revanche de la Coupe du Monde et surtout le Grand Chelem, toutefois les Anglais qui, à la surprise générale, ont perdu contre l'Irlande, peuvent encore nous devancer en cas de victoire au Stade de France. Autre singularité : pour la première fois, un match du vénérable Tournoi des 6 nations va se jouer en nocturne pour coller aux exigences du *prime time* de France 2. Record d'audience garanti. Il paraît que dix millions de téléspectateurs vont pousser derrière nous. Ça ne sera pas de trop pour culbuter le XV de la rose et son pack aux épines acérées.

Il est 21 heures, ce 27 mars 2004, je fixe la meute en maillots blancs qui n'attend que le coup de sifflet de l'arbitre pour déferler dans notre camp, je suis prêt pour le combat. Plus que jamais. Galvanisé par l'événement et indifférent à son tumulte. Bouillant, mais froid. Les quatorze autres, aussi. C'est le génie de Bernard Laporte. En nous fixant ce rendez-vous ultime pour seul horizon depuis près de trois mois, il l'a banalisé juste ce qu'il fallait. Si tout ça nous était tombé dessus au dernier moment, sans doute qu'on aurait cédé à l'euphorie, au stress, et qu'on y aurait laissé une partie de nos moyens. En tout cas, moi, oui. C'est tellement français. Mais là, tout ce qui nous arrive semblait écrit. Et les quatre-vingts minutes qui viennent aussi. La nuit de Saint-Denis est brûlante. Il ne pleut pas. « On va leur faire comprendre que Sydney n'est plus qu'un lointain souvenir… »

Ça cogne très fort, d'entrée de jeu. Avec leur pilier Vickery, l'attelage Kay-Grewcock en deuxième ligne, Dallaglio en numéro 8, les Anglais sont armés pour l'affrontement et tiennent à le faire savoir. C'est du volumineux, de l'imposant, du brutal. Dans nos vingt-deux mètres, Magne amorce une relance, feinte la passe, s'engouffre, j'aperçois Vickery qui arrive en travers, pas lui, boum ! Les cent vingt kilos du pilier anglais le percutent à pleine vitesse et lui retombent dessus comme un sac de béton. Jamais vu un placage pareil ! Ça a fait un bruit d'accident de la route. Magne ne bouge plus, il semble incrusté dans la pelouse, j'ai peur qu'il soit mort. L'action continue mais je n'arrive pas à détourner mon regard de son corps gisant. Au bout d'une poignée de secondes interminables, il se redresse en titubant, réajuste son casque, et c'est toute l'équipe qui se relève avec lui. À la vingt-troisième minute, mon vis-à-vis Grewcock, touché aux côtes, quitte le terrain mais, juré, je n'y suis pour rien. Sur la touche qui suit, nous chipons le ballon aux Anglais et je sers Yachvili qui ouvre sur le grand côté. Yannick Jauzion perce jusqu'à dix mètres de la ligne anglaise, un regroupement se forme, je n'y vais pas, je me replace dans la ligne de trois-quarts conformément au plan de jeu. Le ballon sort rapidement, Yachvili, en position d'ouvreur, s'apprête à me lancer, mais non, en une fraction de seconde il aperçoit Harinordoquy tout seul sur l'aile opposée et délivre une merveille de passe au pied qui rebondit mollement dans l'en-but anglais. Imanol n'a plus qu'à se baisser pour aplatir. Un quart d'heure et quelques pénalités de Yachvili plus tard, rebelote. Les Anglais sont menés 14-0, on campe dans leurs vingt-deux mètres, j'ai la tête dans le gazon et une brochette de

« Rosbifs » sur le râble quand j'entends l'énorme rumeur déferler des tribunes. Je me relève, Yachvili est déjà en train de célébrer son essai. Je découvre son exploit sur l'écran géant du stade. Un ballon tout pourri est sorti du regroupement sous lequel j'étais enfoui, Yach a fait mine d'ouvrir à droite et s'est faufilé dans un trou de souris sur le côté fermé. Face au dernier défenseur anglais, il a fait un grand pont à la manière d'un footballeur et il a cueilli le ballon au rebond avant de s'affaler dans l'en-but adverse. 21-3 à la mi-temps, je veux bien que ce soit écrit, mais je n'avais pas lu toutes les pages ! Bon, les quarante minutes qui suivent nous rappellent que les Anglais ne sont pas champions du monde pour rien. Ils reviennent sur la pelouse comme si le match commençait et nous pilonnent avec une rage décuplée. 24-6, puis 24-11, puis 24-14, puis 24-21 après un contre magnifique de leur ailier Lewsey. Enfin, magnifique, faut pas pousser… On ne va pas se mettre à les bader à la soixante-treizième minute alors qu'on les avait expédiés au terminus des prétentieux une demi-heure plus tôt. Désormais, chaque minute qui nous sépare du coup de sifflet final dure une heure. J'ai la tête qui bourdonne, j'ai l'impression d'entendre Laporte qui s'époumone : « Pas de faute, pas de faute ! », et cette foutue remise en touche qui est pour moi à quarante mètres de notre en-but, faut pas se louper Pascal, pas maintenant. Ouf ! Crenca m'a agrippé par le short et m'a soulevé jusque sous les cintres du Stade de France. Je happe le ballon, je l'enserre comme un trésor, je ne veux le rendre à personne, je suis prêt à le garder toute la nuit s'il le faut, mais les Anglais n'y toucheront plus. Je n'entends même pas le coup de sifflet de l'arbitre. Juste le mugissement de la foule, les cris de mes équipiers et des remplaçants qui accourent avec des visages de possédés, les râles de nos adversaires qui s'affalent sur la pelouse comme s'ils avaient été fauchés par un sniper. Pelous et Servat me tombent dans les bras. « Le Grand Chelem ! Putain ! Le Grand Chelem… » Et moi, aussi, je hurle avec eux. Et je chante et je danse et j'embrasse. Et je veux tout oublier. Ce soir, pour une fois, j'ai envie de me lâcher.

Je me souviens quand même que, le lendemain, *L'Équipe* m'a attribué la meilleure note du match, ce qui m'a étonné car Yachvili avait marché sur l'eau pendant toute la rencontre. Et aussi que, quelques heures plus tôt, j'avais rejoint ma famille et mes copains d'enfance dans un bar proche de la Porte de Saint-Cloud. Aucun d'entre eux ne s'était exclamé : « Ouah ! C'est énorme ce que tu as fait » ou une connerie dans le genre. Ils étaient profondément heureux de ce qui m'arrivait, mais avec la simplicité et la retenue que j'aime en eux. Ensuite, j'avais rejoint le Quartier latin, la « rue de la soif » et, avec Harinordoquy et Clerc, je m'étais retrouvé derrière le bar *Le Pousse au crime* et on avait servi des tournées générales aux supporters jusqu'au bout de la nuit. Quand j'étais sorti sur le trottoir, il y avait encore une foule immense et, dans les premières lueurs de l'aube, les gens me dévisageaient et je les entendais qui murmuraient : « Tu as vu, c'est Papé… » Pour la première fois de ma vie, ça ne me faisait pas peur d'affronter les regards et d'être reconnu.

– 6 –

Un mariage et un enterrement

Tout au long de ce tournoi, lors de nos retraites à Marcoussis, il est arrivé que l'argent s'invite dans nos conversations. Ce n'est pas encore une préoccupation centrale, mais un sujet parmi d'autres lorsque nous prolongeons nos soirées à table. Biarrots, Toulousains, Parisiens parlent sans trop de tabous de leurs contrats respectifs et avec Julien Bonnaire, qui a fait des débuts fracassants en Écosse, nous ne sommes pas vraiment surpris d'apprendre que nous sommes les smicards du XV de France. Enfin, les smicards, c'est vite dit : mon père m'a transmis ses valeurs de gauche et je respecte trop la classe ouvrière pour oser me plaindre de mon sort et de mes 5 000 euros mensuels. Comme le dit si bien mon pote Juju, je suis conscient de la chance que j'ai d'être payé, et bien payé, pour vivre ma passion. Même si la plupart des internationaux touchent quatre à cinq fois plus dans leurs clubs respectifs, ce n'est pas mon genre de faire de la surenchère auprès de mes dirigeants. J'ai vingt-trois ans, tout l'avenir devant moi, et une dernière année de contrat avec Bourgoin. C'est ma ville, mon club, j'y ai grandi et je m'y sens bien. Pour l'heure, ça n'a pas de prix.

Et puis, il y a ce Grand Chelem. Avec Servat, nous avons rejoint le cercle très fermé des joueurs l'ayant réalisé à l'occasion de leurs débuts internationaux. Je crois que nous sommes quatre dans toute l'histoire du XV de France. Pour moi qui suis attaché aux traditions et à l'héritage des anciens, ça n'est pas rien. Tout comme les 78 000 euros que la Fédération nous verse à chacun en primes de victoires. C'est plus que ce que je gagne en un an à Bourgoin. Dès l'été 2004, je vais investir ce petit pactole dans l'achat d'une maison à la sortie de la ville, en lisière du golf de Saint-Alban-de-Roche. Avec des copains artisans, nous la restaurerons de fond en comble et je la revendrai deux ans plus tard avec une coquette plus-value. Et c'est ainsi que je gérerai mes affaires tout au long de ma carrière. Avec prudence et circonspection. Je préfère la beauté des vieilles pierres au clinquant des plaisirs éphémères. À vingt ans, déjà, j'étais comme ça, les deux pieds dans le concret. Quand le CSBJ m'avait fait signer mon premier contrat pro à 2 000 euros par mois, j'avais économisé toute la saison pour m'acheter une Clio. Puis j'avais rendu à ma mère la vieille Twingo qu'elle m'avait prêtée deux ans plus tôt avec le sentiment réconfortant d'honorer ma dette. C'est mon côté terrien, voire terre à terre. Je sais d'où je viens et il n'y a aucun risque que je l'oublie, même si ce n'est pas une sinécure.

Oui, je me sens bien à Bourgoin. Je me suis enivré de Paris et de ses nuits sans fin au soir du Grand Chelem, mais je n'aime rien tant que ma famille et ma province à taille humaine. Avec le CSBJ, cette année-là, nous boutons hors de Rajon toutes les grosses écuries du Top 16 et nous finissons par nous incliner en demi-finales, à Lyon, face au Stade français, dans un stade de Gerland retapissé en ciel et grenat. Une fois de plus, le bouclier de Brennus nous échappe, mais notre constance au sommet s'apparente à une victoire dans un championnat où les budgets des clubs commencent à grimper au ciel. Pour me remettre de cette demi-désillusion, je participe à la tournée du XV de France aux États-Unis et au Canada. Une sorte de colonie de vacances après le grand ascenseur sportif et émotionnel du Tournoi et des phases finales du championnat. Nous dominons sans gloire ni stress nos deux adversaires, le premier dans un stade de football américain de soixante mille places quasiment désert, le second sur un champ de patates bordé d'une voie de chemin de fer. Bref, que du bonheur. D'autant qu'une bonne dizaine de joueurs profitent de l'occasion pour décrocher leur unique sélection vu que Laporte a décidé de laisser à la maison la plupart des mondialistes de l'année précédente.

Moi, je prends tout ce qu'il y a à prendre. Et je ne sais pas si c'est l'accumulation des matchs ou ce nerf sciatique qui me chatouille jusqu'à causer une légère perte de sensibilité dans les membres inférieurs, mais, à l'hiver 2004, je me pète les ligaments de la cheville gauche sur un appui défaillant lors d'une séance d'entraînement. Un mois de plâtre, ce n'est pas le tremplin idéal pour préparer le Tournoi des 6 nations. Laporte me convoque pourtant pour le premier rassemblement du XV de France et pour les quatre autres qui suivent. Avec une seule rencontre de championnat pour me roder et une cheville encore fragile, je dois me contenter d'une place sur le banc. C'est le Biarrot Jérôme Thion qui me remplace au côté de Fabien Pelous, mais je rentre à chaque match pour le dernier quart d'heure. Cette année-là, le pays de Galles, qui nous surprend à raison de 24-18 au Stade de France, réalise le Grand Chelem. Avec trois victoires à l'extérieur, dont celle homérique à Twickenham, 18-17, grâce à six pénalités de Yachvili toujours en état de grâce face aux Anglais, nous terminons deuxièmes du Tournoi. À défaut d'une nouvelle consécration, le XV de France confirme son standing à deux ans d'une Coupe du Monde organisée, pour la première fois, à domicile. À titre personnel, je prouve qu'on peut compter sur moi, même sur une jambe et demie.

Laporte m'a fait confiance et je le lui ai bien rendu. Plus que jamais, je vois la vie en bleu.

Mon optimisme va se vérifier lors de la tournée que nous effectuons, cet été-là, en Afrique du Sud et en Australie. Après une nouvelle défaite en demi-finales du championnat, face au Stade français, 35-31, j'ai laissé Bourgoin et le signe indien derrière moi pour m'envoler avec le XV de France. M'envoler, c'est vraiment le terme puisque Laporte va me porter aux nues à l'occasion de ces trois tests matchs. Si l'aspect comptable de la tournée peut sembler médiocre, un nul, 30-30, et une défaite, 27-13, face aux Springboks, un autre revers, 37-31, contre les Wallabies, le contenu sportif est nettement plus convaincant. La plupart du temps, nous rivalisons avec la puissance sud-africaine et la virtuosité des Australiens, ce qui n'était pas gagné d'avance tant les nations de l'hémisphère Sud ont une longueur d'avance en matière de professionnalisme. Le match nul de Durban, notamment, se solde par une débauche de rugby total, j'inscris l'un des quatre essais français, et Laporte sort les violons dans la presse. Selon ses termes j'ai « passé un cap », je n'ai « peur de personne », je suis même

« devenu l'un des tauliers de l'équipe » ! C'est sûr qu'en l'absence de Pelous et de Thion, j'ai marqué des points, mais cette avalanche de superlatifs ne me ravit qu'à moitié. J'aurais préféré que Laporte me félicite entre quat'z-yeux. Je le connais maintenant : je sais qu'il n'a pas son pareil pour encenser un joueur dans les journaux et le mortifier en interne à la première déconvenue. Peut-être a-t-il voulu aiguillonner la concurrence en expert des coups de billard à trois bandes ? Peut-être, aussi, que je me fais mon cinéma et qu'il est réellement sincère. C'est moi qui suis incapable d'accepter les compliments tels qu'ils sont, moi et mon foutu mur antiémotions. Dans le doute, je décide de rester sur mes gardes. Je me dis qu'à l'avenir, si je me loupe, il va me déboîter direct. Aucune envie de lui servir de punching-ball. Je préfère encore me cogner un pilier sud-af de cent trente kilos que son verbe body-buildé à l'accent de Gaillac.

La suite n'est qu'une litanie de hauts et de bas, une brassée de lauriers pour une couronne d'épines, la grande roue du succès et le train fantôme de la blessure et de la langueur, bref, une vie de sportif comme toutes les autres. Alors que j'ai la certitude d'avoir gagné ma place en équipe de France, mon problème de nerf sciatique me contraint à une opération délicate et à une longue indisponibilité. J'aurais pu continuer à l'ignorer, la douleur n'était qu'intermittente, mais quand elle se réveillait, ma jambe était comme anesthésiée et cette perte de réactivité provoquait des entorses à répétition. À deux ans de la Coupe du Monde, je préfère me débarrasser définitivement de ce caillou dans ma chaussure. Tant pis si ça passe par une saison presque blanche. L'opération, qui consiste à élargir le bas du canal rachidien pour éviter le pincement du nerf sciatique, se déroule sans anicroche, la rééducation qui suit également. Pendant ce temps-là, le XV de France remporte le Tournoi 2006 et Jérôme Thion récupère sa place en deuxième ligne. Ça ne m'inquiète pas plus que ça. Je suis sûr d'avoir fait le bon choix. Je me dis qu'une fois remis sur pied je reviendrai plus fort. En fait, ce n'est pas mon avenir chez les Bleus qui me cause du tracas.

À Bourgoin, Laurent Seigne n'est plus là. À la fin de la saison 2005, il a jugé qu'il était atteint par le mal chronique des entraîneurs, l'usure du temps et du discours, et il est parti relever un nouveau challenge à Castres. Par un jeu de chaises musicales, c'est Christophe Urios, son prédécesseur dans le Tarn, qui l'a remplacé au CSBJ. Mais moi, honnêtement, je ne m'y retrouve pas, je me sens orphelin. Le management rationnel et tatillon de notre nouvel entraîneur contraste avec la belle aventure humaine que j'ai vécue jusque-là. Quand Seigne privilégiait le feeling et l'affect, Urios ne jure que par la pédagogie et la science. Je ne dis pas que c'est un mauvais technicien – il aura l'occasion de faire ses preuves, plus tard, à Oyonnax – mais quand je le vois fouiller dans son amas de dossiers pour un énième entretien d'évaluation, ça me file de l'urticaire, j'ai l'impression d'être un stagiaire en préembauche. Il note tout, il dissèque tout, il explique tout : les qualités de chacun, ses défauts, les axes de travail collectif et individuel. Il dégaine ses fiches, ses feutres de couleur, ça peut prendre des plombes pour analyser deux malheureuses actions du week-end précédent. En un mot comme en cent, c'est le règne de la bureaucratie et moi, je préfère de loin « la bourrucratie » de mon père spirituel de rugby : s'il y a quelque chose à dire, on le dit vite et clair, et s'il y a quelque chose à faire, c'est sur le terrain que ça se passe.

Pour la première fois de ma carrière, je ne suis pas heureux de me rendre à l'entraînement, même quand je reviens de mon opération à la fin du mois de février. Outre le départ de Laurent Seigne, quelques grands anciens ont pris leur retraite, dont Pierre Raschi, et mes derniers potes du lycée L'Oiselet se sont égaillés dans les clubs alentour, lassés de ne pouvoir prétendre qu'à l'équipe espoirs. J'ai la nostalgie du CSBJ de mes débuts et je ne m'en console pas, en dépit d'un contrat revalorisé et de mes 14 000 euros mensuels. J'avise mon agent de mes états d'âme : « Si je commence à regretter le bon vieux temps à vingt-cinq ans, vaux mieux que je me casse… » Par le passé, Pascal Forni m'a déjà transmis les offres des plus grands clubs, le Stade toulousain, l'USA Perpignan, mais j'ai toujours trouvé une bonne raison de refuser l'exil. À commencer par mon amour pour le blason ciel et grenat. L'année précédente, Perpignan nous voulait tous les deux, Bonnaire et moi, avec un super salaire à la clé. Je suis allé visiter la ville, les installations, j'en ai discuté avec mon pote.

« En fait, je n'ai pas très envie d'y aller... », m'a dit Juju avec son ton placide et son sourire tatoué sur les lèvres. Bon, eh bien, moi non plus.

Mais là, c'est différent. Je ne supporte pas d'enfiler mon maillot de rugby comme on enfile un bleu de travail. Plus tard, les journalistes, jamais avares d'une vacherie, justifieront mon transfert à Castres en évoquant mon salaire, l'un des plus ronflants du tout nouveau Top 14, et mon souci de relancer une carrière à l'arrêt. Avec 24 000 euros par mois, c'est vrai que je vais effectuer une sacrée culbute, au point d'apparaître dans le palmarès des internationaux les mieux payés, photo anthropométrique à l'appui, aux côtés de Fred Michalak ou encore de Fabien Pelous. Mais ce n'est pas l'appât du gain qui a motivé ma décision. Sinon, j'aurais quitté Bourgoin plus tôt. Je n'ai pas, non plus, le sentiment que ma carrière est en berne. Il y a neuf mois, j'étais considéré comme le nouveau fer de lance du XV de France. Les journalistes ont la mémoire courte, pas Bernard Laporte. Du moins, je l'espère. Je peux douter de beaucoup de choses dans la vie, mais pas de mes capacités sportives et de mes vertus de combattant. Je vais leur montrer à tous que je ne suis pas que le taulier d'un été au bout du monde. J'ai retrouvé la plénitude de mes moyens et les occasions de le prouver ne vont pas manquer durant l'interminable année qui vient. À l'automne 2006, les Blacks et l'Argentine vont venir nous défier sur notre sol, puis ce sera le Tournoi, puis la tournée en Nouvelle-Zélande et, enfin, la Coupe du Monde, *notre* Coupe du Monde. S'il y a une saison à ne pas rater, c'est bien celle-là. Quitte à voir ma tronche dans les journaux, autant que ce soit pour de bonnes raisons.

Sur le terrain, je le sais, je suis un roc. Le reste du temps, ça dépend. Cette dernière saison à Bourgoin, par exemple, m'a vraiment affecté. Je ne reconnaissais pas mon club, je n'avais plus de complicité avec mon entraîneur et j'ai fini par me renfermer sur moi-même. Je n'arrive pas à prendre les choses avec insouciance. J'ai des relents de tristesse, je vacille au premier coup de vent. Même quand le ciel est dégagé, il y a toujours un nuage de mélancolie qui traîne dans les parages. Même après le Grand Chelem de 2004. Sur le moment, j'étais heureux, oui, mais ce bonheur était voilé par ma part d'ombre. À cause d'elle, les gens pensent que je suis né à dix-huit ans avec un maillot de rugby sur les épaules. Les pauvres, s'ils savaient… Comme mon père, je déteste les tricheurs, et pourtant je cache une partie de mon jeu sous la table. Après la victoire contre l'Angleterre, le public et mes équipiers fêtaient-ils l'homme ou le joueur ? J'ai beau mettre toutes mes forces pour l'écarter, Pascal Bardon n'est jamais loin de Pascal Papé. Et je ne permets à personne de s'en approcher. Je suis voué à vivre avec mon secret. À l'hiver 2004, ma mère biologique est décédée, mais mon passé n'a pas disparu avec elle. Souvent, elle s'invite à l'improviste dans mon intimité. Et ce face-à-face me glace et me bouleverse comme lorsque j'étais enfant. En parler ? À qui ? À mes parents adoptifs qui m'ont élevé comme si j'étais leur chair et qui pensent que je suis aussi costaud dans la vie que sur les terrains ? « En fait, je ne vous l'ai jamais dit, mais ce n'est pas aussi simple que ça, parfois j'ai des coups de blues, ces sales cauchemars qui reviennent… » Pas question. Ils en concluraient à tort qu'ils ont raté quelque chose et ça leur ferait du mal. Je les aime trop pour les accabler avec mon fardeau. Je préfère encore me cloîtrer dans le silence et dans mon propre piège. Dans le milieu du rugby aussi, je suis condamné à me taire. Il y a eu Laurent Seigne, mais avec lui, c'était spécial, je n'ai rien eu à faire, il m'a reniflé, il m'a compris et il m'a ouvert le cœur comme une boîte de conserve. Les autres me voient comme je suis sur le terrain. Et c'est très bien comme ça. Pour eux, je suis un « régulateur d'agressivité » comme le dit Urios dans son langage savant. Le type sans peur et sans reproche qui rassure les quatorze autres. Celui qui fait don de son corps pour faire avancer l'équipe et qui n'hésite pas à châtier quiconque se mettant en travers de sa route. Il ne manquerait plus que je m'allonge sur le divan et que je me flagelle. J'y perdrais tout : ma force, mon orgueil, ma réputation. Enfin, c'est ce que je pense. Et quand je pense quelque chose, il ne fait pas bon vouloir m'expliquer le contraire.

Heureusement, il y a Magali. Depuis que je la connais, je ne me sens plus comme un enfant seul. C'est comme si les tourments du passé devaient se tasser un peu pour laisser de la place aux projets d'avenir. Elle est belle, douce, sensible, mille fois plus intelligente que moi ; dès que je l'ai vue, j'ai su que c'était la femme de ma vie. C'était dans un bar, à Lyon, à l'époque où je soignais ma blessure à la cheville. J'avais accepté l'invitation des copains de Givors pour me changer les idées. Avant la soirée, ils m'avaient prévenu : « Tu vas voir, il y a une blonde avec nous, c'est de la bombe ! » Je n'ai vu que la brune, juste à côté d'elle. Dès que je suis entré dans le bar, elle m'a hypnotisé. C'était la première fois que je ressentais un truc pareil. Sa copine blonde aurait pu faire les pieds au mur, je ne l'aurais même pas remarquée. J'étais comme en lévitation. Et ça a duré toute la soirée. Bon, je me connais, je ne suis pas le plus grand des baratineurs. Mais là, l'effet conjugué du coup de foudre et de ma pudeur maladive n'a fait qu'empirer les choses. Plus je me creusais la tête pour lui dire des choses intéressantes, plus je débitais des banalités. Et pourtant, elle m'écoutait avec attention, en hochant la tête, un sourire discret au coin des lèvres. Ensuite, il y a eu un moment que j'ai adoré, oui, je crois que c'est vraiment là que j'ai compris que je ne croiserai plus jamais une fille comme ça, c'est quand elle m'a parlé de ses études d'infirmière et qu'elle m'a demandé ce que je faisais dans la vie. « Bah ! Moi, je suis rugbyman... » ai-je dit, satisfait à la fois par la brièveté de ma réponse, vu que j'avais tendance à m'emmêler les pinceaux dès qu'il fallait me lancer dans une phrase un peu compliquée, et surtout par le prestige qu'elle était censée me conférer. À cette heure-là, toutes les petites nanas que j'avais eu l'occasion de côtoyer dans les bars réagissaient de la même façon. Elles frémissaient en battant des cils : « Ah ! Oui... C'est toi le type de l'équipe de France... » Magali, elle, n'a pas gloussé d'excitation. Elle a continué de me regarder avec son sourire discret. « Oui, mais, tu fais quoi comme métier ? » C'est le plus beau compliment que l'on m'ait jamais fait. Elle s'intéressait vraiment à ce que j'étais. J'aurais pu être marchand de primeurs, c'était pareil. Au moment de se quitter, vers minuit, j'ai mis un bon quart d'heure à lui faire comprendre que j'aimerais bien la revoir. Avant de prendre racine sur le trottoir, j'ai fini par me lancer : « Et sinon, tu as un téléphone portable ? » Là, son sourire s'est transformé en un petit rire gentiment moqueur. « Oui, monsieur, j'ai un téléphone portable. J'ai même un numéro avec.

Tu le veux ? » On s'est rappelés dès le lendemain, on s'est retrouvés le week-end suivant et on ne s'est plus jamais quittés. D'emblée, je lui ai tout dit de moi. Tout. Et je ne l'ai jamais regretté. Quand elle m'a dévoilé que sa petite sœur, elle aussi, était une enfant adoptée, je me suis dit que les gens comme nous devaient posséder une sorte de sixième sens. Je n'ai pas pu m'empêcher de penser qu'une main invisible nous avait précipités dans les bras l'un de l'autre.

Louis, l'aîné de nos trois fils, naîtra à Castres. Ce sera à peu près le seul rayon de soleil qui égayera mon séjour dans le Tarn. Dès que je mets les pieds là-bas, je sens que ça ne va pas le faire. L'ambiance dans l'équipe est vérolée par une poignée d'anciens qui dépensent plus d'énergie à savonner la planche de Laurent Seigne et à pleurnicher dans le bureau du président Pierre-Yves Revol qu'à mouiller le maillot. Les nouvelles recrues enrôlées à grands frais suscitent commérages et jalousies, à commencer par moi. Chacun tire à hue et à dia, personne ne se côtoie en dehors de l'entraînement et, naturellement, les résultats s'en ressentent. Pour moi qui ai grandi dans un club où l'on passait notre temps à célébrer l'amitié et à forger nos liens autour d'une bonne bouffe, le choc est rude. Même le CSBJ d'Urios ferait figure de grande famille à côté de ce panier de crabes. Pour rester dans la métaphore animalière, je comprends mieux pourquoi le milieu du rugby donne au Castres olympique le méchant surnom de « Cimetière des éléphants »... Bon, j'y suis, j'y reste. Le moins de temps possible, mais ce n'est pas mon genre de trahir mes couleurs en me faisant porter pâle contrairement à certains joueurs historiques du CO qui menacent de déserter dès qu'on leur demande de changer de poste pour les besoins de l'équipe. Drôle de mentalité, drôle de club. Les laboratoires Fabre, qui le maintiennent sous perfusion financière, y sont tout-puissants et leur émissaire Pierre-Yves Revol court-circuite fréquemment les décisions de Laurent Seigne en cédant au chantage des uns et des autres. À cela s'ajoute le fait qu'en dehors du rugby il n'y a pas grand-chose à faire à Castres. C'est une ville de garnison et, moi-même, j'ai l'impression d'y tourner en rond comme dans une caserne.

Malgré cette ambiance de plomb et une saison de Top 14 chaotique, j'ai retrouvé ma place en équipe de France. En l'absence de Fabien Pelous, blessé, je partage le numéro 4 avec Jérôme Thion, aux côtés de Lionel Nallet devenu un titulaire indiscutable. À l'automne 2006, les Blacks nous ont sévèrement dérouillés au Stade de France puis à Lyon, mais nous avons vaincu l'Argentine à Marseille. Dans la foulée, nous réussissons un Tournoi encourageant puisque nous terminons premiers, à égalité avec l'Irlande, en dépit d'une courte défaite à Twickenham. À six mois de la Coupe du Monde, les équipes ont tendance à cacher leur jeu, mais Laporte, lui, joue cartes sur table au sujet de la concurrence au poste de deuxième ligne. À Nallet, Thion et moi, il tient le même discours : « Bossez bien, les gars, vous pouvez avoir l'esprit tranquille, si l'on rajoute Fabien, je tiens mes quatre sélectionnés pour la liste des trente. » Vu qu'avec Nalluche nous peaufinons nos automatismes chaque week-end sous le maillot castrais, je me dis qu'il y a un bon coup à jouer.

En dehors de mon salaire, que je rognerai d'un quart pour rejoindre le Stade français la saison suivante, c'est le seul point positif de mon séjour dans le Tarn. On s'y ennuie tellement, Lionel et moi, qu'on se retrouve presque chaque jour pour manger ensemble. Au-delà du joueur, je découvre un homme que je connais encore peu. Cela fait déjà deux ans qu'il a quitté Bourgoin et, à l'époque, je l'admirais trop pour me sentir véritablement proche de lui. Très vite, je m'aperçois que nous partageons le même sens des valeurs. Sous ses airs peu commodes, c'est un vrai gentil, un type juste et droit qui se destinait à une carrière de mécano avant que le rugby professionnel ne l'emporte vers les sommets. Durant ce long hiver castrais, nous forgeons une complicité qui ne se démentira jamais à la ville comme sur les terrains. L'un contre l'autre, l'un pour l'autre, nous pousserons désormais un peu plus fort dans la mêlée.

Toujours au cœur de ce *no man's land* affectif, il y a un autre joueur, moins connu du grand public, qui, lui aussi, va devenir un ami très proche, et même un peu plus que cela. J'avais déjà croisé David Attoub lorsqu'il jouait en juniors à Valence et que je défendais les couleurs de Givors. Je l'ai retrouvé plus tard, lors de la tournée folklorique de l'équipe de France aux États-Unis et au Canada où Laporte l'avait retenu comme pilier droit. Mais c'est à Castres que je découvre à quel point nous sommes semblables, tout en étant très différents, et que nos destins se lient pour la vie. David, lui aussi, a été durement éprouvé durant l'enfance mais, à l'inverse de moi, il n'a jamais songé à s'en cacher. Il s'en ouvre avec cette générosité et ce soupçon de naïveté qui lui valent, plus souvent qu'à son tour, de se fourvoyer en affaires ou en amitié. Par la suite, il m'arrivera plus d'une fois de le mettre en garde contre son angélisme et sa crédulité. « David, moi, ce mec, je ne le sens pas… Ce n'est parce que tu as le cœur sur la main qu'il faut faire confiance à n'importe qui ! » Et lui, avec sa candeur et son sourire franc comme l'or : « Ah ! Bon… Tu crois ? » Oui, je crois. Je crois que David est le genre de type qu'on ne croise qu'une fois dans sa vie et qu'il n'y avait pas meilleur choix pour Magali et moi que d'en faire le parrain de notre fils aîné. Il a tout surmonté – la misère, l'enfance en foyer, les Restos du cœur, la mort de son père dans ses bras, et bien d'autres choses encore – sans jamais perdre foi dans l'existence et la nature humaine. Il a aidé sa mère, Josette, il a subvenu aux besoins de la famille, il a élevé ses frères comme un père alors qu'il n'était qu'un gamin. Rien ne lui a été donné. Il s'est fait tout seul, de son CAP de boulanger jusqu'à l'équipe de France, et tant pis si, sur les terrains, son sens du sacrifice lui a parfois valu de payer pour les autres. Je ne suis pas spécialement fleur bleue mais, d'une certaine façon, l'histoire de notre amitié ressemble à celle de mon coup de foudre pour Magali. Il était dit qu'un jour ma route devait croiser la sienne. Il est le petit frère que je n'ai jamais eu.

Juin 2007. Le bel été que voilà... C'est officiel : Max Guazzini a trouvé un accord avec Pierre-Yves Revol pour casser mon contrat de trois ans avec Castres et valider mon transfert au Stade français. Par ailleurs, Bernard Laporte va annoncer la liste des trente joueurs sélectionnés pour la Coupe du Monde vers la fin du mois et, le week-end suivant, je me marie avec Magali. Trois bonnes nouvelles d'un coup, c'est plus qu'il n'en faut pour effacer les stigmates de notre récente tournée en Nouvelle-Zélande. Avec une équipe de France bricolée à la hâte – au même moment la moitié des cadres disputaient les demi-finales du Top 14 – on ne pouvait pas espérer un miracle. De fait, les Blacks nous ont passé cent points en deux matchs mais, à défaut de miracle, il s'est quand même produit une sorte de phénomène surnaturel. En pétant la mâchoire d'Ali Williams sur une percussion et en assommant Chris Masoe sur un placage, Sébastien Chabal est devenu, en quelques millions de clics, la nouvelle coqueluche du Web et une star quasi planétaire. La popularité de celui que les Anglo-Saxons ont rebaptisé « Caveman » (l'homme des cavernes) depuis qu'il s'est laissé pousser la barbe a quasiment éclipsé notre déroute sportive. Je ne m'en porte pas plus mal puisque Laporte avait eu la curieuse idée de me bombarder capitaine de ce XV de France de bric et de broc alors que ce rôle était censé revenir à Raphaël Ibañez, talonneur et doyen de l'équipe. Bizarrement, ce dernier n'a joué que cinq minutes à chaque match. Je le soupçonne d'avoir voulu se préserver en vue de la Coupe du Monde. Je le connais, c'est un fin stratège, un brin calculateur. Bah ! Tout le monde ne peut pas ressembler à David Attoub… Je m'en fous, mon mariage approche et, pour une fois, j'ai envie de laisser le rugby au second plan. Je ne me souviens même plus quel jour Laporte a prévu d'annoncer le groupe pour la Coupe du Monde.

C'est un mercredi. La veille, un coup de fil d'un journaliste de *L'Équipe* me l'a rappelé incidemment.

« Salut Pascal, t'as eu Bernard au téléphone récemment ?

– Non, pourquoi ?

– La liste des trente, demain ?

– C'est demain ? Tu sais, s'il y a une liste qui me préoccupe en ce moment, c'est plutôt ma liste de mariage… La noce est prévue samedi. Et pourquoi, j'aurais dû l'avoir au téléphone ?

– Non, non, rien, ça doit être des conneries. Oublie ça… »

Aussitôt dit, aussitôt fait. Chez mes beaux-parents, dans le Beaujolais, les préparatifs du mariage battent leur plein. On a invité près de trois cents personnes. De Givors et de Bourgoin, mes copains vont affluer par dizaines. De Castres, ils ne seront que deux, Lionel et David… Le lendemain, vers midi dix, je reçois un premier message, je pense d'abord au traiteur ou au voisin qui doit nous prêter son chapiteau, mais non, c'est Seb Jimenez, l'un des jumeaux, avec une voix d'outre-tombe : « Je suis désolé pour toi, c'est un scandale. Courage… » Le temps d'écouter son message, déjà, un autre copain me laisse ses condoléances : « Putain ! Quel enfoiré, je suis dégoûté ! » C'est bon, cette fois, j'ai compris. Je vois le numéro de Laurent Seigne qui s'allume, je prends l'appel. « Je ne comprends pas pourquoi Bernard a fait ça, mais ne réagis pas à chaud, réponds à personne… » me conseille-t-il. Et moi, comme un con : « Mais qu'est-ce qu'il a fait ? Je n'ai même pas écouté les infos ! » Seigne me dévoile, alors, le tour de passe-passe de Laporte. Au vu de la récente starification de Sébastien Chabal, sa sélection pour la Coupe du Monde ne faisait aucun doute, ne serait-ce qu'au titre de tête de gondole auprès du public français. Le problème, c'est que les places sont chères en troisième ligne où avec Betsen, Harinordoquy, Bonnaire, Nyanga et quelques autres, les Bleus sont déjà bien pourvus. Du coup, Laporte a décidé de faire monter Chabal d'un cran et de le retenir comme deuxième ligne, un poste où il n'a jamais joué. Et, naturellement, celui qui fait les frais de l'opération, c'est Bibi. Enfin, naturellement… Quand je pense que Pelous qui n'a quasiment pas joué un match de la saison à cause de sa blessure au genou fait partie de la liste, lui ! Quand je me souviens de la façon dont Ibañez s'est défilé en Nouvelle-Zélande et... Et puis, non, c'est faux, je ne pense même pas à tout ça. Je suis incapable de réfléchir à quoi que ce soit. Je suis en état de choc, assis sur le lit de notre chambre, avec Magali à mon côté qui s'agite, qui me parle et que je n'entends pas. Je suis dans un rêve, un méchant rêve, j'ai du brouillard dans les yeux, du coton dans les oreilles et, tout autour de moi, mon monde s'écroule. J'ai juste une envie, c'est d'appeler Laporte et de le traiter de tous les noms. Je me connais, je vais le massacrer. Je me retiens en pensant très fort au conseil de Laurent Seigne. Sur le lit, mon téléphone vibre dans tous les sens. Des dizaines de messages s'accumulent sur mon répondeur. C'est qui celui-là ? « Ouais Pascal, c'est Bernard, je t'appelle pour te prévenir que tu n'es pas retenu parmi les trente. Je voulais que tu sois le premier au courant. Si tu veux en parler, rappelle-moi... » Je regarde l'heure du message : 12 h 28. La conférence de presse était à midi pile. En plus, il se fout de ma gueule ! Tout le monde se fout de ma gueule. Même le journaliste qui m'a appelé hier devait être dans la confidence... C'est dégueulasse ! À cette seconde précise, j'en veux à la terre entière. À la limite, le seul que je ne maudis pas, c'est Sébastien Chabal. Il a pris ma place, mais je sais qu'il n'y est pour rien. À Bourgoin, je le fréquentais bien avant qu'il devienne la coqueluche du public et des médias. Il n'a pas volé tout ce qui lui arrive. À dix-huit ans, il travaillait en usine comme tourneur fraiseur, soulevait des quintaux d'acier comme de la barbaque néo-zélandaise. Il connaît la vraie vie et la valeur des choses. Je sais que, sous sa barbe, il n'a pas changé. Beaucoup le jalousent en oubliant que c'est d'abord un sacré joueur de rugby. Pas moi. Si j'avais été à la place de Seb, j'aurais fait comme lui. On m'aurait proposé de jouer à un poste qui n'était pas le mien, j'aurais dit oui, même demi d'ouverture ! Une Coupe du Monde en France, ça ne se rate pas.

Eh ! Bien, moi, si. Pendant quarante-huit heures, je n'ai pas pu fermer l'œil. Si Magali n'avait pas été là, si je n'avais pas été sur le point de me marier, je ne sais pas comment les choses auraient pu tourner. Sans doute que mes vieux démons m'auraient bouffé le cerveau et que j'aurais eu du mal à supporter cette injustice de trop. Mais ça ne s'est pas passé comme ça. Le jour du mariage est arrivé, les amis ont accouru de partout, nos familles se sont mêlées comme si elles se connaissaient depuis trois générations et je me suis laissé emporter par la grâce de cet après-midi hors du temps. Je me souviens que ma femme resplendissait et que Louis babillait comme jamais dans son berceau. Tout autour de moi, les rires et les bouchons de champagne ricochaient dans l'air léger, les frangins de Givors plastronnaient devant les copines infirmières de Magali, je n'avais qu'une vague idée du bonheur, mais sûrement qu'il s'agissait d'un truc contagieux parce que plus les heures passaient, moins mes petits tourments de rugbyman avaient de l'importance. Il paraît que juste avant de mourir on revoit sa vie défiler en quelques secondes… Moi, ça m'a fait la même chose le jour de mon mariage. J'ai repensé à tous les obstacles que j'avais dû franchir pour en arriver là et je me suis dit qu'un accident de carrière n'était rien à côté de ce parcours du combattant. L'amour ne passe qu'une fois, le sport, lui, est un éternel recommencement. Quand les premières notes d'un vieux tube de Marvin Gaye se sont mises à résonner et que Magali a esquissé quelques pas de danse, j'ai compris la chance que j'avais. Bientôt, j'allais repartir de zéro. À Paris, en famille, avec une envie de me surpasser et un désir de revanche qui me rendraient encore plus irrésistible. J'ai empoigné mon courage à deux mains et j'ai rejoint Magali sur la piste de danse. Sous son beau costard de marié, jamais le cœur du gamin qui se frayait un chemin dans la vie, à grands coups d'épaules, n'avait battu si fort.

– 7 –

À LA FOLIE

Je ne rappellerais jamais Bernard Laporte, ça n'aurait rien changé à l'histoire. Et même ma sélection n'aurait sans doute rien changé à l'histoire. Et même l'Histoire n'a finalement rien changé à l'histoire. Laporte a beau faire vibrer la fibre patriotique en faisant déclamer par les joueurs la lettre du résistant Guy Môquet le jour de son exécution par les Allemands, le XV de France passe à côté de sa Coupe du Monde. Après une victoire héroïque contre les All Blacks et deux piteuses défaites contre l'Argentine, il échoue à la quatrième place de la compétition. Puis son sélectionneur s'en va rejoindre le gouvernement de Nicolas Sarkozy – grand bien lui fasse ! – et Marc Lièvremont lui succède à la tête des Bleus. Le changement de gouvernance est radical. Avant l'éclosion de la Chabalmania, Laporte était quasiment la seule star du rugby français, ses coups de gueule faisaient le bonheur des publicitaires et des humoristes, ce qui tranche avec la discrétion et la sincérité tourmentée de son successeur. Pour asseoir ses convictions, l'ancien troisième ligne de Perpignan, qui n'a jamais entraîné au plus haut niveau, décide de se lancer dans une vaste revue d'effectif. Lors du tournoi 2008, il me convoque pour disputer le match contre l'Angleterre, au Stade de France, mais le reste du temps je ne suis même pas convié aux rassemblements de Marcoussis. Jérôme Thion, le Briviste Arnaud Méla ou encore le Clermontois Loïc Jacquet se relayent à côté de l'indétrônable Nalluche. Dans une équipe en pleine reconstruction, le plus grand flou règne au poste de deuxième ligne gauche. Pour moi, les choix de Lièvremont, aussi taciturne que Laporte était volubile, demeurent indéchiffrables. Il ne m'explique pas pourquoi il me prend ni pourquoi il m'évince. De mon côté, je ne lui demande rien. J'ai payé pour savoir que les promesses n'engagent que ceux qui les écoutent. Je préfère penser que la vérité jaillira toute seule du terrain.

Déjà, j'ai retrouvé le plaisir de m'entraîner et la joie de vivre. Autant je m'étais planté en signant à Castres, autant j'ai fait le bon choix en montant à Paris. Sous sa tunique à fleurs de lys et ses poses de calendrier branché, le Stade français n'a rien d'une succursale du show-biz ni d'un bastion de mercenaires. C'est un club, un vrai, plus que centenaire. Qu'ils soient Parigots pure souche, exilés de Narbonne ou de Johannesburg, les joueurs y font cause commune bien au-delà des terrains. À croire que l'anonymat de la capitale les incite plus qu'ailleurs à se resserrer pour perpétuer l'esprit rugby. Très vite, je renoue avec ce sentiment d'appartenance qui m'était si cher à Bourgoin. Sous le patronage des authentiques titis Pierre Rabadan et Mathieu Blin, les soirées entre joueurs se succèdent, les troisièmes mi-temps ressemblent à de vraies troisièmes mi-temps et les deux premières sont là pour attester que l'amour du maillot n'est pas l'apanage des sous-préfectures de province. Même s'il y a loin de l'enfer du stade Pierre-Rajon au public bienveillant de la Porte de Saint-Cloud, j'apprends à défendre notre étendard rose avec la même ardeur que, jadis, les couleurs ciel et grenat. Ceux qui croyaient tomber sur une bande d'éphèbes aux poses languissantes n'ont pas affaire à des ingrats. Chaque week-end, nos adversaires redoublent de motivation à l'idée de se payer l'équipe de Paris et des Dieux du Stade, mais cette hostilité nous soude et nous transcende un peu plus.

À notre arrivée, le club nous a dégoté un appartement à Boulogne-Billancourt, à deux pas du stade Jean-Bouin. Comme moi, Magali n'a pas mis longtemps à trouver ses marques. Elle a décroché une mission à la fondation Perce-Neige qui vient en aide aux personnes handicapées mentales et se partage entre sa vocation d'infirmière spécialisée en psychiatrie et l'éducation de notre petit Louis. Contrairement à la majorité des épouses de joueurs, elle n'envisage pas sa vie sans travailler. Souvent, elle me répète que « femme de rugbyman, ce n'est pas un métier… » Je trouve ça beau et généreux, mais je préfère quand elle fait relâche et que nous partons découvrir Paris, ses monuments, ses rues pleines de vie et ses magasins ouverts sept jours sur sept, ce qui nous change de notre époque castraise. Durant ces premiers mois, tout roule tant et si bien que, l'année suivante, la famille s'agrandit avec la naissance de nos deux jumeaux, Thomas et Luc, et que nous quittons Boulogne pour Meudon et ses faux airs de village à la campagne. Dans cette résidence verdoyante nichée au pied de l'Observatoire, je retrouve David Attoub que Max Guazzini s'était chargé d'exfiltrer du Tarn en même temps que moi. Nous partons à l'entraînement ensemble comme deux juniors, nos femmes et nos enfants s'entendent à merveille, il règne tout autour de moi un climat de quiétude et d'harmonie qui comblerait n'importe quel homme. Au fond, je mène la vie dont je rêvais et, sans m'en rendre compte, je m'y habitue vite.

Mes deux premières saisons au club se soldent par autant de demi-finales du Top 14. En 2008, nous échouons contre Toulouse, l'année suivante, contre Perpignan. Si je rajoute les deux demi-finales perdues avec Bourgoin, ça commence à me faire une jolie collection. Je sais que des joueurs immenses comme Serge Blanco ont tout connu dans leur carrière sauf le titre de champion de France et qu'ils auraient volontiers échangé quelques triomphes en bleu contre ce Graal. Je ne veux pas raccrocher les crampons avant d'avoir brandi ce foutu bouclier. Ça prendra le temps qu'il faudra, mais j'y arriverai. Dans son histoire, le Stade français a déjà connu treize fois la consécration, je ne suis pas superstitieux, avec moi, ça fera quatorze. C'est ainsi qu'au début de ma troisième année de contrat je décide de renouveler mon bail parisien sans chichis ni tractations. La scène se passe lors du stage de présaison à Tignes. Alors que j'évacue les effets de l'altitude en sirotant une petite bière, Max Guazzini se joint à moi et me tient à peu près ce langage : « Je suis vraiment heureux de t'avoir fait venir au club car, au-delà du joueur, j'ai découvert une bonne personne. Avant je ne te connaissais pas et, pour être honnête, je n'avais pas trop envie de te connaître... » Là, j'ai beau entendre le compliment, je me dis que je ne guérirai jamais de ce foutu problème d'apparence. Comme dans un jeu de miroirs, mon visage reflétera toujours ce masque inhospitalier qui me protège et m'interdit de montrer ma véritable personnalité. Quand on s'en va jouer à l'extérieur, je ressens bien le trouble que peut susciter mon image. D'une certaine manière, je suis le joueur que tous les publics de France aiment détester. Quand je rentre sur le terrain, je suis systématiquement salué par des bordées d'insultes et de sifflets. Même mes équipiers en rigolent : « Dis donc, tu as des amis dans le coin… » Bah ! Moi, j'ai fini par le prendre comme une marque de respect. C'est sûr que les supporters adverses préféreraient voir débouler un type qui tend l'autre joue quand on lui met une baffe. D'ailleurs quand le match est terminé, ils sont des centaines à m'alpaguer à la sortie des vestiaires, les mêmes qui beuglaient leurs injures dans les gradins : « Regarde, c'est Papé ! On va lui demander une photo… » Ça dure des plombes. À chaque fois, les potes sont obligés de poireauter dans le bus en m'attendant. Et ils n'ont pas fini de s'impatienter puisque, ce jour-là, à Tignes, le président me suggère qu'on prenne rendez-vous très vite avec mon agent. « Vous me direz vos conditions mais, d'ores et déjà, j'aimerais beaucoup te resigner… » Pour le coup, je suis sûr que j'affiche un grand sourire. En tout cas, l'intention y est. Je lui réponds que je n'ai pas besoin de mon agent pour m'engager, que la parole et la confiance suffisent, c'est même ce que je préfère dans les rapports humains, et que, oui, je suis OK pour m'engager trois ans supplémentaires sans rajouter de zéro ni la moindre virgule à mon contrat précédent. Là-dessus, on s'est serré la main et j'ai fini ma bière tranquille.

Je sais qu'il y a un monde entre l'ancien secrétaire particulier de Dalida devenu président du groupe NRJ et moi, le provincial aux manières d'ours, mais j'ai toujours entretenu des rapports pleins de naturel et d'affection avec ce président pas comme les autres. Le genre de personnage capable de déjeuner avec Céline Dion à Las Vegas et de se mettre en transe, le lendemain, pour un vulgaire match à Montauban. Un vrai passionné qui a fait davantage pour notre sport que bien des dirigeants du sérail qui se gobergent à longueur de banquets. Pour moi, c'est le meilleur vendeur du monde. Dans une ville comme Paris, faire éclore une équipe de rugby comme une marque à la mode, il fallait quand même s'appeler Guazzini pour oser y croire ! Alors, oui, le maillot rose bonbon, les filles du Moulin-Rouge à moitié à poil pour donner le coup d'envoi, le costard obligatoire lors des déplacements, les photos façon *playmate* dans les vestiaires… Et alors ? Ce n'est pas en organisant une bourriche à la mi-temps avec un jambon de Bayonne pour le gagnant que l'on remplit trois fois par an le Stade de France. D'ailleurs, même moi, j'ai fini par poser pour le calendrier des Dieux du Stade… Bon, les deux, trois premières années, personne ne m'a sollicité et ça ne m'a pas dérangé plus que ça. Je ne me lève pas le matin en rêvant de devenir une icône métrosexuelle ou un objet de fantasmes. Et puis, un beau jour, Max Guazzini m'a demandé si l'expérience me tentait et, comme j'en avais pris l'habitude avec lui, j'ai répondu cash : « C'est jouable, oui, mais ne compte pas sur moi pour montrer ma bite… » Il se trouve que je connaissais le photographe et qu'on s'est vite mis d'accord pour la jouer sobre, façon « gladiateur au cœur tendre », de profil, une cuisse pudique en guise de paravent. Le résultat m'a paru assez artistique, en tout cas, ça n'a pas nui aux ventes du calendrier 2011.

Ça tombe bien car, cette année-là, au Stade français, un sou est un sou. Du jour au lendemain, la société en charge du sponsoring a déposé le bilan et cette défection a provoqué un manque à gagner de 5 millions d'euros dans les caisses du club. En pleine saison, malgré tout l'entregent de Max Guazzini, le coup est presque fatal. Durant tout le printemps, notre président se démène pour trouver des sponsors de substitution, voire un repreneur, tandis que la DNACG, le gendarme financier de la Ligue de rugby, menace le club de relégation en division fédérale. Comme souvent, dans ces cas-là, des sauveteurs bidons se penchent au chevet du malade, une société canadienne se dit prête à investir 12 millions d'euros, sauf qu'on découvre que les cautions bancaires sont des faux et, déjà, les oligarques du rugby français versent des larmes de crocodile sur le destin funeste de ce club hors norme et de son président iconoclaste. Au bout du suspense, alors que la période des transferts bat son plein, Thomas Savare, P-DG du groupe Oberthur Technologies, surgit en messie. L'homme pointe parmi les cinquante plus grandes fortunes françaises : cette fois, c'est du solide. Tant pis pour les vautours qui s'apprêtaient à dépecer la bête. Je nous revois, Dimitri Szarzewski et moi, en pleine préparation de la Coupe du Monde 2011, nos téléphones en bandoulière, attendant les dernières nouvelles en provenance de Jean-Bouin tandis que les offres de Toulon, de Lyon ou encore des Wasps de Londres s'accumulaient sur les répondeurs. Il fallait avoir le cœur bien accroché pour continuer de voir la vie en rose.

La Coupe du Monde 2011, j'y arrive tout naturellement, presque sans effort. Du moins, dans le livre. Sur les terrains, c'est plus compliqué que ça. Durant les quatre années du mandat de Lièvremont, ma carrière en bleu s'est inscrite en pointillés. Le sélectionneur n'a cessé de souffler le chaud et le froid. Je n'ai jamais eu l'impression de le convaincre, mais ça reste une impression car Lièvremont est toujours aussi avare d'explications, et une succession de blessures a achevé de me condamner à un rôle d'intermittent du spectacle. Un problème ligamentaire au genou droit m'a contraint à l'opération en 2008 et à repasser sur le billard l'année suivante. En 2010, j'ai participé aux deux premiers matchs du Tournoi avant qu'une entorse à la cheville gauche me prive du Grand Chelem, le dernier en date de l'équipe de France. Je me suis efforcé d'encaisser tous ces coups du sort avec fatalisme. Autant j'étais sûr et certain de faire partie de la liste de Bernard Laporte en 2007, autant mon billet pour la Nouvelle-Zélande, quatre ans plus tard, me semble presque tomber du ciel. La suite, on la connaît. Le XV de France qui part à vau-l'eau contre les îles Tonga, notre qualification miraculeuse, cette journée où je prends le micro dans le bus et où tout va basculer, jusqu'à la finale contre les All Blacks et cette défaite injuste et cruelle, ou plutôt cette victoire moins deux points… Dans son livre de souvenirs, Marc Lièvremont revient brièvement sur mon rôle lors de cette drôle d'aventure : « C'est ça que j'attendais de lui depuis quatre ans, du caractère, une attitude de leader… » Je trouve ça gentil, mais ça aurait été plus simple de me le dire avant.

À l'orée de l'année 2012, j'en suis là : j'ai trente et un ans, une place de titulaire chèrement acquise chez les Bleus, une influence toujours grandissante au Stade français où je partage le capitanat avec Sergio Parisse et la certitude que, si les blessures me lâchent un peu le short, le meilleur reste à venir. J'ai aussi une femme et trois garçons que j'aime plus que tout au monde, mais cela va sans dire, d'ailleurs je ne le leur dis presque jamais. Enfin plus depuis que j'ai mis trois heures à écrire mon texto, seul dans ma chambre d'hôtel à Auckland, la veille de la finale contre les All Blacks. Cette nuit-là, j'ai eu l'impression d'immortaliser tous les sentiments que j'éprouvais pour eux. C'est un peu comme si je l'avais fait une fois pour toutes. Ça m'a demandé tellement de courage et d'impudeur. J'ai eu tellement de mal à glisser une tête de l'autre côté de mon mur. Bien sûr, je suis conscient des sacrifices que ma vie de rugbyman impose à ma famille : mes absences à répétition, mes habitudes de coq en pâte, les petits et les gros bobos qui me minent le moral… Pour élever nos trois fils et me préserver des moindres soucis domestiques, Magali a dû mettre sa carrière professionnelle sous cloche. C'est une maman extraordinaire, et le fait qu'elle privilégie mon bien-être de sportif au détriment de sa vocation profonde pour la médecine et le social me touche beaucoup. Mais, bon, le pli est pris, c'est comme ça et, finalement, mon métier n'a pas, non plus, que des inconvénients. Les fins de mois ne nous causent aucun souci, notre cadre de vie est idyllique avec cette grande terrasse panoramique qui donne sur la forêt de Meudon. Tout cela, je l'ai gagné avec ma sueur de rugbyman. Plus tard, j'aurai bien le temps de me consacrer à ma famille. Pour l'heure, je dois d'abord penser à moi. J'ai besoin de me concentrer sur mes objectifs, pas sur la visite médicale des jumeaux. Après tout, au Stade français, l'intendance suit partout, les joueurs ne s'occupent de rien. Pourquoi pas à la maison ?

Le rugby français vivant selon le rythme d'un calendrier bissextil, comme tous les quatre ans, un nouveau sélectionneur entre en fonction après la Coupe du Monde en Nouvelle-Zélande. Philippe Saint-André remplace Marc Lièvremont et je m'en réjouis car, pour ce que j'en connais, c'est un type franc du collier. À Bourgoin, il m'a souvent recadré pour mes problèmes d'impulsivité, j'étais bien plus complice avec Laurent Seigne, mais quand il a eu quelque chose à me dire, il l'a fait d'une voix ferme qui n'avait pas grand-chose à voir avec le ton aigrelet qu'on lui connaîtrait par la suite et, à sa manière, il m'a aidé à progresser. Pour le reste, le Tournoi 2012, durant lequel il étrenne ses galons, ressemble à un ultime tour de piste pour l'équipe vice-championne du monde. De nombreux héros d'Auckland s'apprêtent à prendre leur retraite internationale et le sélectionneur décide de les faire applaudir une dernière fois par le public du Stade de France. Ensuite, il sera temps de renouveler les cadres et de bâtir pour l'avenir. Je ne prétends pas être un perdreau de l'année, mais j'entends bien faire partie des quelques anciens qui guideront la jeune génération.

Et c'est ce qui se passe. Après un Tournoi où notre quatrième place est éclipsée par les adieux de Nalluche, Harinordoquy et autre Rougerie, la tournée d'été en Argentine apparaît comme le premier étage d'une fusée censée nous déposer sur le toit du monde, trois ans plus tard, en Angleterre. Avant le départ, Saint-André me téléphone pour m'annoncer qu'il me confie le capitanat de l'équipe en l'absence de Dusautoir qui prend des vacances bien méritées. J'en ressens une profonde fierté, bien plus que pour la tournée casse-croûte en Nouvelle-Zélande où ma nomination n'était due qu'à la filouterie de Laporte et d'Ibañez. Cette fois, ça ne compte pas pour du beurre. Je réfléchis longuement à la meilleure façon d'endosser mon nouveau costume et d'intégrer les jeunes espoirs qui vont effectuer leurs premiers pas dans le chaudron de Tucumán. Après avoir retourné le problème dans tous les sens, je décide de ne rien changer à ce que je suis. Finalement, c'est encore ce que je sais faire de mieux. Le mec direct, droit dans ses bottes, préférant la convivialité d'une soirée passée à raconter des conneries que la solennité des grands discours et les leçons de tableau noir. Et, de fait, ça marche plutôt bien. J'ai l'impression que les joueurs apprécient cette proximité qui contraste avec le côté monacal de Thierry Dusautoir, capitaine exemplaire mais très sérieux. À l'image du demi de mêlée du Racing Maxime Machenaud ou de l'arrière de Castres Brice Dulin, les nouveaux venus se lâchent sur le terrain comme en dehors, et après un premier test de rodage perdu 23-20, nous écrasons les Pumas 49-10, ce qui n'était pas arrivé au XV de France depuis des lustres. Ce baptême du feu réussi me conforte dans mon approche. Toute la difficulté consiste maintenant à prolonger cette joyeuse ambiance de tournée au sein même du sanctuaire aseptisé des Bleus.

Marcoussis, morne plaine. À l'automne, pour la venue de l'Australie, de l'Argentine et des Samoa, nous devons passer trois semaines dans notre camp de base où tout tourne inéluctablement autour du rugby. C'est sûr qu'on n'a pas intérêt à se rater car, après le Tournoi des 6 nations, la France a dégringolé à la septième place du classement mondial, ce qui la prive de son statut de tête de série pour la prochaine Coupe du Monde. Ces trois tests sont donc cruciaux, y compris pour moi, puisque Dusautoir s'est blessé à un genou et que, tout naturellement, le sélectionneur a reconduit mon capitanat. N'empêche, ce n'est pas une raison pour vivre ensemble comme des coqs en batterie. Je connais bien Marcoussis, je sais qu'on s'y entraîne dans les meilleures conditions, je sais aussi qu'au bout d'un moment on s'y ennuie ferme. À force de penser rugby, de parler rugby, de manger rugby, la routine s'installe et les rapports humains se distendent. C'est comme dans un couple, au fond, d'ailleurs il faudra que j'y pense pour chez moi, mais bon, ce n'est pas le moment de se disperser, j'ai du travail.

Durant ces trois semaines, je passe mon temps à me rendre disponible pour mes équipiers et à mettre de l'huile dans les rouages, quitte à chambouler le protocole immuable de nos rassemblements. Dès le premier soir, les nouveaux capés doivent interpréter un sketch ou une chanson devant toute l'équipe. Sûrement que j'aurais été à l'agonie si on m'avait demandé de me produire en spectacle devant Pelous et compagnie pour ma première cape, mais les rires l'auraient emporté et je sais qu'au final mon intégration en aurait été facilitée. Avec l'accord de Saint-André, je décide également de pimenter un peu nos repas quotidiens. Ras-le-bol des pâtes et du blanc de poulet qui finissent par nous refiler un moral de curistes… Je lance les soirées pizzas et hamburgers et, quand l'enthousiasme fléchit, je demande au staff d'organiser une descente à Paris pour assister à un spectacle et boire quelques bières ensemble. Je ne fais pas la révolution, mais à chaque nouvelle initiative je me demande si j'ai pris la bonne décision et je rumine seul dans ma chambre. D'ailleurs ça aussi il faut que ça change. Au nom de je ne sais quelle tradition, le capitaine est le seul dans l'équipe à avoir une chambre pour son usage personnel. Sous le prétexte que si un joueur veut lui parler, il peut le faire en aparté, avec la garantie que le secret sera bien gardé. Et puis quoi encore ? Moi, si l'on a un truc à me dire, on peut me le dire n'importe où, n'importe quand, ça ne risque pas de s'ébruiter. Je suis une tombe, oui ou non ? Du coup, je décide de faire chambre commune avec Benjamin Kayser, le talonneur de Clermont. Chaque soir, sa bonne humeur me distrait de mes soucis de grand frère attentionné. N'empêche, c'est un métier d'être capitaine. Il m'est arrivé de regretter le manque de liant de Dusautoir, son esprit de sérieux, sa façon de décamper dans sa chambre dès la fin du dîner, maintenant, je comprends. Je n'adhère pas, mais je comprends. À force de penser aux uns, aux autres, j'en oublie de plus en plus souvent d'appeler ma femme et mes enfants. Magali m'en a fait le reproche gentiment. Moi, je dis que j'ai déjà assez de problèmes comme ça.

D'autant qu'il ne suffit pas de vivre comme

un capitaine, il faut aussi s'exprimer comme un capitaine. Devant un aréopage de dignitaires en smoking, les soirs de match, avant le banquet. Avec une petite note d'humour et trois mots d'anglais, si possible. À chaque fois, j'ai l'impression de repasser le bac. Ou plutôt, de le passer tout court. Idem pour les conférences de presse. Désormais, je délivre la sainte parole du XV de France devant deux cents journalistes alors que je n'ai jamais cessé de les esquiver et de les lancer sur de fausses pistes. Heureusement, ma tâche est facilitée par les excellentes copies que nous rendons sur le terrain. Trois matchs, trois victoires, et même une déculottée historique, 33-6, face à l'Australie, au Stade de France. En l'espace d'un mois, nous repassons de la septième à la quatrième place du classement mondial. Ça m'a bien pris la tête, mais j'ai le sentiment d'avoir rempli la mission qui m'avait été confiée. Je peux être fier de mon intérim.

Ce n'est plus un intérim. Saint-André me l'a annoncé au téléphone avant que l'on se retrouve à Marcoussis pour le Tournoi. « Et Titi ? », me suis-je inquiété en apprenant que Dusautoir revenait dans le groupe. « Il est au courant. Il jouera en Italie, mais je veux que ce soit toi le capitaine. » Waouh ! Franchement, je n'y avais pas pensé plus que ça. Comme si la surprise du chef ne suffisait pas, *L'Équipe* enfonce le clou, le lendemain, sur une pleine page, avec un titre bien mastoc : « Papé, l'élu. » Les pauvres, s'ils savaient d'où je viens. Je crois que, dès ce moment-là, je commence à me mettre une pression un peu malsaine. Toute la semaine qui précède le déplacement à Rome, je renoue avec les habitudes que j'ai instaurées à Marcoussis, j'affiche toujours la même bonhomie de façade mais, au fond de moi, je suis mal à l'aise. Dusautoir était quand même le capitaine en titre depuis quatre ans. Je me demande ce qu'il pense de ma promotion et lui aussi doit se demander ce qu'en j'en pense parce que au bout du compte, on n'en parle pas. On se côtoie comme si de rien n'était, je ne sens pas de crispation particulière chez lui, mais moi je ne sais pas comment j'aurais réagi si j'avais été à sa place. Peut-être que j'aurais aimé que mon successeur vienne à moi pour s'assurer que je prenais bien la chose. Oui, sûrement, j'aurais dû crever l'abcès. Ou constater, de visu, qu'il n'y en avait pas. Bref, je m'en veux, j'ai les nerfs en pelote, et je ne sais pas s'il y a un lien de cause à effet, mais le match à Rome ne va pas du tout se passer comme je l'espérais. Non seulement on perd mais, vers la cinquantième minute, alors que nous menons encore au score, je m'explose les reins en tombant à la renverse sur un amas de joueurs. Sur la mêlée suivante, je sens que mon dos se bloque et, après, je ne sens plus rien. Machenaud perce, j'essaye de sprinter derrière lui, mais ma jambe gauche ne répond plus. Je m'affale dans l'herbe, les kinés accourent, ils me triturent dans tous les sens, aucune réaction, comme si j'étais paralysé. Là, je pense tout de suite aux accidents les plus graves qui ont endeuillé le rugby. Je me dis que je me suis pété un truc dans les vertèbres et que ma jambe n'est plus qu'un membre mort. Le match continue pendant qu'on m'évacue du stade en ambulance pour passer une IRM dans un hôpital voisin. À la limite, le verdict est presque rassurant : un disque intervertébral s'est fissuré quand mon dos a cogné le genou d'un adversaire et un morceau de cartilage est venu se coincer contre le nerf sciatique. C'est pour ça que ma jambe n'est plus innervée que de brèves secousses électriques. Bien entendu, le Tournoi est terminé, peut-être même ma saison. Il a l'air fin, l'élu, en claudiquant sur ses cannes de vieillard pour rejoindre ses troupes vaincues. Déjà, la tempête se lève sous mon crâne. Mais je n'imagine pas encore qu'elle peut balayer toute mon existence comme un château de cartes.

C'est marrant, le destin. On part de rien, et même de moins que rien, on grimpe tout en haut et il suffit de se croire arrivé pour qu'un diable malicieux tire le tapis rouge qui se déroulait sous vos pieds. Quand on y réfléchit, ce match à Rome, ce premier capitanat dans le Tournoi, c'était bien plus que le sacre d'une carrière. Je n'avais pas assez de recul pour m'en rendre compte mais, après coup, je réaliserais que c'était l'aboutissement d'une vie qui avait éclos dans le lisier de la misère et de la folie.

En quelques semaines, j'allais refaire tout le chemin à l'envers... J'allais retourner là d'où j'étais parti, aux sources du néant. Sûrement que, durant ces trente dernières années, à trop me faire violence, j'avais raté quelque chose. Un truc que j'avais voulu escamoter et qui gisait sur le bord de la route comme un enfant abandonné. Oui, sûrement qu'il fallait que j'en repasse par là. Enfin, je dis ça aujourd'hui mais, à l'époque, j'avais juste envie de disparaître et que tout disparaisse avec moi. Je crois que j'étais mûr pour me laisser glisser et ne jamais remonter.

La dégringolade commence dans les jours qui suivent le retour d'Italie. Sur la recommandation du médecin du Stade français, Alexis Savigny, je consulte deux spécialistes de la chirurgie vertébrale qui partagent le même point de vue : l'opération est inutile, ça risque d'être long et douloureux, mais le morceau de cartilage devrait finir par se nécroser tout seul. En attendant, je dois m'astreindre au repos complet pendant un mois et à un lourd protocole à base de corticoïdes, de myorelaxants et d'anxiolytiques pour amoindrir les coups de lance de mon nerf sciatique. Une première infiltration a lieu, en fin de semaine, à la Clinique du Sport, dans le Ve arrondissement de Paris. Magali décide de m'y accompagner en voiture. Depuis que j'ai posé mon sac et ma mauvaise humeur à la maison, elle m'épaule comme elle peut, encaisse sans se plaindre mes silences et mon acrimonie. Tout s'est écroulé autour de moi sauf elle, mais le mal qui me ronge me rend insensible à sa sollicitude, encore plus qu'avant. Ce jour-là, de toute façon, elle ne peut plus m'aider. Même sur un terrain de rugby, je n'ai jamais autant souffert qu'à la suite de cette infiltration. Tant que le liquide stagne près du nerf sciatique, la douleur est à hurler. J'ai l'impression qu'on m'ampute de la jambe sans anesthésie. Je sers les poings, les dents, je m'agrippe aux accoudoirs et à ce qui me reste d'orgueil pour ne pas pleurer. Je voudrais m'allonger, m'assommer de médicaments, dormir pour de bon, mais non, je me tortille dans tous les sens sur le siège passager du CR-V Honda qui n'avance pas, bloqué dans un embouteillage inextricable. Et moins ça avance, plus la douleur grimpe en moi comme une drogue. Je suffoque, je grogne, j'éructe, j'insulte ma femme : « Mais tu es vraiment une conne de passer par le centre de Paris ! » Je ne lui ai jamais parlé comme ça. J'ai déjà été cinglant quand elle me reprochait de ne pas être assez disponible pour les enfants, ça m'est arrivé de l'envoyer bouler : « Tu veux quoi, au juste ? Que j'arrête le rugby pour devenir plombier ? » Mais, cette fois, c'est différent : mon mépris résonne dans tout l'habitacle. Et comme elle ne répond pas, le visage pétrifié, les mains crispées sur le volant inerte, ça m'énerve encore plus. « J'en ai plein le cul ! Je rentre à pied… » Je claque la portière, je continue de vociférer tout seul, je me retrouve à tirer la jambe sur le trottoir comme un mendiant. À la louche, il doit me rester dix bornes à crapahuter pour rejoindre Meudon, dans le meilleur des cas j'y serai rendu demain, c'est grotesque. Tellement grotesque que quand Magali se gare à ma hauteur, je remonte dans la voiture sans un mot, juste deux, trois râles de mourant au moment de me plier sur mon siège.

Ensuite, la douleur s'estompe, pas le malaise qui s'est installé entre nous. Je suis aussi avenant qu'un légume avarié. En infirmière dévouée, ma femme m'apporte mes repas au lit ou dans le canapé, je marmonne un remerciement et je me referme jusqu'au plateau suivant. Plus rien ne m'intéresse, pas même les échos de la nouvelle défaite du XV de France face au pays de Galles. Tout le monde me croit blessé au dos, mais c'est à la tête que j'ai mal. Je me suis construit à travers le rugby, sans lui je ne suis plus rien. Je ne supporte pas de me sentir inutile, moi qui, toute ma vie, n'ai fait que combattre. Je passe mes journées à ruminer, mon foyer est devenu une prison, j'appréhende l'heure où les enfants vont rentrer de l'école et où l'espace vital va encore se restreindre. Je n'ai pas la force de jouer les maris épanouis, les papas enjoués. Je préfère encore me claquemurer dans la chambre avec mes idées noires. Je ne m'en rends pas compte, mais je suis incapable d'aimer qui que ce soit, je l'ai toujours été. Tant que je ne serai pas en paix avec moi-même, je ne peux que donner le change, faire mine d'être un chef de famille ordinaire et puis partir avec mon sac sur l'épaule, encore et toujours, pour endosser ma panoplie d'homme fort, la seule qui me sied. Je me déteste. Et, au cas où certains en douteraient, je fais tout pour me rendre détestable.

Au terme de ce mois de huis clos, tout le monde est à cran. Cela ne m'empêche pas de dormir. Le reste, oui, mais pas ça. Je ne sais pas si c'est l'effet des médocs pour le dos – à ce moment-là, je suis vraiment chargé comme un rat de laboratoire – mais je considère que s'il y en a un à plaindre dans cette histoire, c'est ma pomme. Jusqu'à cette soirée où, au moment de se coucher, Magali m'annonce qu'elle a un truc à me dire. Ah ! Ouais, c'est quoi, un problème de varicelle ? « Écoute, j'ai pris ma décision, je veux qu'on divorce… »

À ce moment-là, un type normal dans son état normal se prendrait le ciel sur la tête. Pas moi. Celle qui, pour panser mes plaies, a tout donné – sa vie, sa carrière, trois enfants magnifiques – raccroche la blouse et je bombe encore le torse : « Bah ! Casse-toi, alors ! Et puis non, tiens, c'est moi qui me barre… » Vu que les médecins m'ont interdit de conduire, j'appelle David Attoub, mon frangin, sans trop lui en dire non plus, parce que je le connais : il a le cœur comme une éponge, il est capable de se faire plus de mouron que je ne m'en fais moi-même.

« Attends-moi sur le parking, répond-il, on va s'en jeter un à Paris pour se remonter le moral. »

En route, il passe quelques coups de fil et on apprend que Sergio Parisse et Julien Dupuy passent la soirée dans un pub du quartier de l'Odéon. On les rejoint, on boit, surtout moi, je finis par raconter ce qui m'arrive, et on reboit, surtout moi, avec mes médocs et mon cerveau déconnecté. Manque de bol, il se rebranche pile quand je pousse la porte de la maison, sur les coups de 3 heures du matin.

En tout cas, il y a les fils qui se touchent parce que, soudain, j'ai l'impression de comprendre ce que Magali m'a annoncé cinq heures plus tôt. Alors, comme ça, ce n'est pas du cinoche, elle veut vraiment divorcer, elle aussi, elle veut m'abandonner… Tout le monde roupille, je m'en fous, je claque la porte, je fonce vers notre chambre, ça ne va pas se passer comme ça. À partir de ce moment-là, je ne veux pas me chercher d'excuses, je n'en ai pas, mais tout va se dérouler comme si j'étais à la fois l'acteur et le spectateur de la même scène. J'ai l'impression qu'un être bien connu plane au-dessus de moi et qu'il m'observe en silence. À force de ne plus savoir comment je m'appelle, il fallait bien que ce genre de truc m'arrive. C'est moi ou ce n'est pas moi qui agrippe ma femme par le col de sa chemise de nuit ? C'est moi, oui, avec mon crâne qui tambourine comme quand j'alpague un type sur les terrains de rugby : « Ah ! Ouais, tu veux vraiment me cogner… » Et celle-ci qui fait semblant de dormir, elle veut vraiment divorcer ? Ça dure à peine une fraction de seconde. Mes grosses mains, le doux visage de Magali : une fraction de seconde interminable… Peut-être que je m'apprêtais à lui faire du mal, je ne sais pas, je ne le saurai jamais puisque la voici qui émerge du sommeil et me transperce d'un regard écarquillé par l'effroi. Heureusement qu'elle s'est réveillée. Heureusement qu'elle a planté ses grands yeux verts dans les miens. Il fallait ça pour harponner le peu de conscience qui me restait.

Ensuite, c'est l'affolement, la honte, l'envie de supprimer la moindre trace de ce moment et du mec odieux qui est en moi. J'attrape une lame de rasoir, je file dans les toilettes, je me taillade l'avant-bras, ça pisse le sang, mais je ne perds pas connaissance. David a rappliqué dès que Magali l'a appelé, il me parle à voix basse à travers la porte pour ne pas réveiller les enfants. Il ne juge pas, il dit qu'on a trop bu et qu'il n'aurait jamais dû me laisser rentrer dans cet état-là. Pour un peu, il jurerait presque que c'est de sa faute. Mais où va-t-il chercher tout ça ? Où va-t-il puiser cette bonté d'âme qui me fait tellement défaut ? Il n'y a que lui pour me calmer et m'absoudre d'avoir flirté avec le genre humain que j'exècre le plus : le sombre salaud qui rentre bourré et qui colle des gnons à maman. Un pansement de fortune autour du poignet et de mon sentiment de culpabilité, je passe le reste de la nuit prostré sur le canapé du salon, tandis que Magali s'est enfermée dans notre chambre. Elle a peur de moi, je la comprends, moi-même, je me fous les jetons. Plus tard, il lui arrivera de me demander : « Mais, c'est qui le mec qui, ce soir-là, est rentré dans ma chambre ? » Si je le savais, ma vie aurait été plus simple.

Dans ce chaos généralisé, un détail tombe à pic : dès le lendemain, je suis censé entamer ma rééducation active et m'aérer un peu la tête. Magali a déjà prévu de trouver refuge chez une copine avec les enfants, mais c'est à moi de quitter la maison, pas l'inverse. Avec l'accord du médecin du Stade français à qui j'ai confié mon malaise et mes « difficultés familiales », je décide d'effectuer mes trois semaines de rééducation à Lyon, dans le service du professeur Santy, celui-là même qui m'avait opéré du canal rachidien, sept ans plus tôt. J'insiste pour que ma situation fasse l'objet de la plus grande confidentialité. En dehors du doc, de David et de Karim, l'intendant du club en qui j'ai totale confiance et qui fera le voyage avec moi puisque je suis bien incapable de porter mes bagages, personne ne doit être au courant. Par le passé, des grands sportifs, et même des rugbymen internationaux comme Christophe Dominici ou Mathieu Bastareaud, ont vu leurs affres personnelles s'étaler, malgré eux, dans les journaux. Je veux éviter ça à tout prix. Pour l'opinion publique, le capitaine du XV de France se remet d'une grave blessure au dos, pas question de laisser filtrer qu'il est en train de virer dingo.

Magali est soulagée de me voir partir loin d'elle et des enfants pour quelque temps. Elle ne me le dit pas, mais je le devine à sa manière précipitée de préparer mes valises. Moi-même, ça me rassure. Je ne sais pas si mon coup de folie n'est plus qu'un mauvais souvenir où s'il existe un risque, même infime, de récidive. Ce n'est pas moi qui décide, c'est le petit bonhomme que j'ai dans la tête. Voilà dans quel état je débarque à Vernaison quinze ans après avoir quitté la maison de mes parents. Je n'ai même plus la force de mentir, c'est fini tout ça, j'annonce à Françoise et Jean-Pierre que Magali veut divorcer. Ils font : « Non, ce n'est pas vrai ! », je fais : « Si, c'est vrai, ça n'allait plus entre nous. » J'essaye juste de me tenir droit, d'afficher un minimum d'assurance pour leur masquer l'étendue des dégâts. Peine perdue. Ma mère ne cesse de me répéter que je suis tout blanc et elle s'inquiète dès le premier soir de mon manque d'appétit. « Tu n'as presque pas touché à ton assiette de lasagne, pourtant tu adorais ça… » Je raconte que les médicaments me coupent l'appétit, que ça va aller mieux quand je me dépenserai à la rééducation. Mais ça ne va pas mieux. Chaque jour, je dépéris – je vais perdre douze kilos en trois semaines – et la rééducation ne peut rien pour mon cerveau malade. J'y vais deux heures et puis je me barre sans crier gare, tant pis pour mon dos, tans pis pour mes muscles. Il ne me restait que mon corps et même lui ne me rappelle plus à l'ordre, même lui me laisse partir à la dérive. La nuit, je ne ferme pas l'œil. J'ai retrouvé ma chambre d'enfant, avec son petit lit, ses coupes et ses médailles alignées sur les étagères. Je me couche vers 22 heures, je pose mon ordinateur sur la table de chevet et j'enchaîne cinq ou six films jusqu'au petit matin. Mes dernières forces me quittent les unes après les autres. Je n'ai plus d'énergie pour me battre, ni même pour réfléchir. Je n'envisage pas de récupérer Magali, ce serait trop long, trop dur.

La seule idée qui me traverse l'esprit, c'est de m'enfuir au bout du monde. Passer à Meudon, prendre mon passeport, et partir pour un coin de merde que personne ne connaît et où personne ne me connaît. Là-bas, je recommencerais tout à zéro. Ça ne changerait pas d'ici mais, au moins, je ne vivrais pas avec la honte.

La deuxième semaine chez mes parents se passerait un peu moins mal que la première. Ç'aurait été difficile de faire pire. Durant le week-end, je suis remonté à Paris et j'ai tenté d'expliquer à Magali que la solitude me pesait et que si j'emmenais Louis avec moi, ce serait comme des petites vacances entre hommes, l'occasion, pour nous, de se rapprocher. À ma grande surprise, elle a accepté. J'aurais dû y voir un geste d'amour, mais j'ai préféré retenir qu'elle avait retrouvé du boulot, une mission médicale et sociale auprès des personnes âgées, et j'en ai déduit que ça y était, elle entamait déjà sa nouvelle vie. Louis a trouvé que c'était un peu curieux qu'on le sorte comme ça de l'école pour aller passer quelques jours chez ses grands-parents, mais bon, il est comme moi, tout ce qui l'éloigne de son cartable est une aubaine et il ne s'est pas douté que je me raccrochais à lui comme à une bouée de sauvetage. Sa mamie l'a chouchouté, son papy lui a appris à faire du vélo sur le vieux clou avec lequel je me rendais à mes cours de judo. En sa présence, j'ai mis un point d'honneur à respecter à la lettre mon programme de rééducation et, même si je ne dormais toujours pas, j'ai eu l'impression de m'offrir un court répit dans ma descente aux enfers.

J'ai ramené Louis à sa mère le vendredi soir. Comme le week-end précédent, on s'est débrouillés avec Magali pour ne pas trop se croiser. La nuit, elle s'est cloîtrée dans notre chambre tandis que je suis resté les yeux ouverts sur le canapé. Louis a dit qu'il avait adoré les vacances avec papa. J'ai pensé que c'était un peu tard pour offrir du bonheur aux miens. Quand je suis reparti pour ma dernière semaine de rééducation, j'avais le moral tout au bout du nerf sciatique, au fond des godasses. Cette fois, je n'avais plus mon fils, son humeur joyeuse, ses émerveillements d'enfant, et cette absence annonçait tout ce que j'allais perdre, tout ce que j'avais déjà perdu. Pour une fois, j'ai décroché mon téléphone et j'ai essayé de dire à Magali les mots qui restaient coincés dans ma gorge quand il fallait soutenir son regard craintif. Il me semble que c'était le mercredi soir, je n'arrivais pas à dormir, il était tard, peut-être 1 heure ou 2 heures du matin, mais je n'avais même plus la notion du temps. J'ai bredouillé que je ne comprenais pas ce qui m'était arrivé, que je ne voulais pas du divorce, que j'allais changer et elle m'a laissé gentiment débiter mes âneries avant de conclure d'une voix douce que pour elle c'était fini, elle avait trouvé un boulot, elle cherchait un appart, elle n'avait plus le courage ni l'envie de vivre avec un type exclusivement préoccupé par lui-même, son dos, son rugby, ses accès de folie. Je le savais. Je le savais si bien que, quand on a raccroché, je me suis senti à la fois meurtri et soulagé. Cette fois, plus rien ne me retenait. Enfin, j'allais pouvoir larguer les amarres, arrêter les souffrances, m'endormir pour de bon. J'ai pris ma boîte de Tétrazépam, un myorelaxant aux vertus antidépressives, et j'ai commencé à avaler un premier comprimé, puis un deuxième, lentement, très lentement, comme pour mieux savourer la grande évasion. Au quatrième, je me suis allongé sur mon lit et il m'a semblé que mon corps flottait dans les airs. Comme le soir où je m'en étais pris à Magali, j'ai eu l'impression de me dédoubler et de m'observer en train de commettre l'irréparable. Au huitième cachet, je suis retombé lourdement sur mon lit et, soudain, la réalité m'a électrocuté. Il n'y avait plus aucune ivresse, plus aucun sentiment de délivrance, je n'avais pas envie de mourir. J'ai voulu me lever, mais mes jambes se sont dérobées sous moi et je me suis retrouvé à plat ventre sur la moquette. J'ai réussi à ramper jusqu'à mon téléphone portable et j'ai composé le numéro de Magali. J'aurais pu réveiller mes parents en hurlant ou en rampant jusqu'à leur porte, puisque les mots semblaient sortir de ma bouche comme des bulles de savon, mais mon premier réflexe avait été de l'appeler, elle. Malgré l'heure tardive, elle a décroché dès la première sonnerie. Entre deux filets de bave, j'ai juste bredouillé : « J'ai pris les médicaments… Au revoir. » Quinze secondes plus tard, ma mère, qui avait été alertée par Magali, a surgi dans ma chambre en gémissant : « Qu'est-ce qui se passe mon chéri ? Qu'est-ce qui se passe… » Je serrais encore la plaquette de comprimés dans mon poing et, pour toute réponse, je l'ai brandie au-dessus de ma tête. Même dans mon semi-coma, son cri a transpercé mes tympans : « Non ! Tu n'as pas fait ça ! » Ensuite, je me souviens que mon père a déboulé en pyjama et qu'il m'a administré quatre ou cinq claques bien senties pour me faire reprendre conscience. Vu que j'étais aussi réactif qu'une viande de boucherie, il m'a empoigné sous les bras et, tant bien que mal, il a traîné mes cent dix kilos jusqu'à sa voiture. Au moins, mon petit régime aura servi à ça. Aux urgences, le médecin de garde m'a fait ingurgiter tout un tas de cachets pour contrecarrer mon overdose d'anxiolytiques. Tout doucement, j'ai émergé du brouillard. Au petit matin, mon téléphone a sonné et j'ai constaté avec soulagement que je pouvais répondre sans déverser une bouillie d'onomatopées. C'était le docteur Savigny qui avait été prévenu par ma mère de ma tentative de suicide. Il m'a expliqué que Karim descendait me récupérer à Lyon en début d'après-midi et qu'on se voyait le soir même pour décider de la suite des événements. On s'est vus. Je ne sais plus si c'est lui ou moi qui a évoqué l'hypothèse en premier, mais je me souviens que ça m'a semblé une évidence. Il était d'avis de me faire interner dans une clinique psychiatrique.

– 8 –

Un nouveau départ

Ma chambre m'attend à la clinique La Villa des Pages, au Vésinet, dans la banlieue ouest de Paris. C'est une sorte de grande maison bourgeoise coupée de la fureur du monde par un parc aux arbres centenaires et des grilles un peu plus hautes que la moyenne. Toutes les pathologies relevant de la psychiatrie s'y côtoient. On y trouve des alcooliques, des junkies, des anorexiques, des dépressifs, des bipolaires. Et moi. Mon séjour doit durer trois semaines. Après, on verra. J'ai compris que Magali était soulagée par ma décision de soigner mon mal-être à la racine. Peut-être qu'elle y voit un premier pas vers une hypothétique rédemption. Peut-être qu'elle croit encore à notre couple. En tout cas, quand je lui ai demandé si elle voulait bien préparer mon sac, elle s'est exécutée sans un sourire mais avec moins de hâte que les semaines précédentes. Je n'ai pas senti le même empressement à me voir déguerpir. Elle a même pris le temps de glisser tout un tas de livres dans mes affaires, moi qui ne lis jamais. Et un beau dessin de notre fils aîné pour colorer les murs gris de mon internement. J'ai trouvé ça mignon.

Dans mon souvenir, je crois que j'ai passé ma première semaine d'hospitalisation à dormir. La nuit, le jour, j'ai rattrapé toutes les insomnies qui avaient fini par me transformer en zombie. On me réveillait midi et soir pour manger et, aussitôt, je repiquais du nez. Cette cure de sommeil n'a pas fait de moi un homme neuf, il en aurait fallu beaucoup plus que cela, mais enfin, j'ai retrouvé le bonheur simple d'émerger le matin, une douce odeur de café flottant sur le plateau déposé par l'infirmière. Et cette virgule de plaisir avait déjà le goût d'une première victoire. Ensuite, j'ai commencé à me balader seul dans le parc, m'asseoir sur un banc, écouter le chant des oiseaux. J'adorais ces moments où je ne pensais à rien, surtout pas au rugby, au passé, à mes cicatrices de gladiateur et à mes blessures de petit homme.

Je suis revenu au monde comme ça, par paliers, jusqu'au jour où je me suis mis à écrire. Je n'avais que ça à faire quand je regagnais ma chambre. C'était le règlement de la clinique : pas d'Internet, pas de téléphone. Juste un épais bloc-notes qui trônait sur le bureau à côté d'un stylo neuf. J'ai noirci les premières feuilles pour tuer le temps avant d'être emporté par le flot des non-dits que je séquestrais depuis l'enfance. Mes réflexions à l'emporte-pièce ont pris la tournure d'un journal intime. Moi qui ne pouvais me confier que sous la torture, j'ai déballé mes sentiments secrets, les roses, les noirs, les gris, les bons comme les mauvais, et non seulement ça ne m'a pas fait mal, mais j'ai eu l'impression de me libérer d'une chape de solitude et d'affliction. Comme ces douze kilos dont je m'étais délesté contre mon gré et qui me donnaient la sensation de m'être débarrassé de mon fardeau d'angoisse. Douze kilos de merde, de honte, de culpabilité que je trimballais sur mes épaules depuis trente ans. Et plus j'écrivais, plus j'avais envie d'écrire. Au fil des pages, il m'est arrivé d'en apprendre sur moi-même car, à force de replâtrer mon identité pour supporter le regard des autres, j'avais fini par douter de mon propre reflet dans le miroir. J'ai couché sur le papier tout ce que je ressentais, tout ce que je brûlais de dire à Magali et aux enfants sans jamais y parvenir, même dans mon texto du bout du monde, ce pauvre texto où j'effleurais la réalité en faisant croire à tout le monde que j'étais le plus heureux des hommes. « Le problème que j'ai depuis l'enfance, il est toujours là. Toujours. C'est lui qui m'empêche d'avouer à Magali que je l'aime à mourir et de serrer les garçons dans mes bras. » Voilà le genre de phrases qui coulaient de mon stylo. Ce n'était peut-être pas de la grande littérature, plutôt une sorte d'écriture automatique rythmée par les battements de mon cœur, mais pour moi ça valait bien la collection de bouquins que Magali m'avait refilée. Je les avais tous lus, dans le parc, au milieu des chants d'oiseaux, mais j'aurais été bien incapable de dire de quoi ça parlait. Je dévorais les pages sans rien en retenir. En fait, j'étais déjà préoccupé par ce que j'allais écrire de retour dans ma chambre.

Avec les psychiatres aussi, ma parole a commencé à se libérer. À la clinique, je les rencontre chaque jour et c'est quand même une grande nouveauté dans ma vie puisque je n'avais fait que les fuir jusqu'à l'adolescence. À l'époque, je haïssais leur insistance à me faire dire ce que je n'avais pas envie de dire, leur façon de me rappeler ma différence alors que je ne rêvais que de normalité. « Alors, Pascal, comment tu te sens en ce moment ? » Super, les gars ! Ma mère biologique est une pute, j'ai failli mourir de faim à trois mois, je déteste mon nom et je fais des cauchemars toutes les nuits, non, franchement, ça baigne... Aujourd'hui, les choses ont changé. Je suis arrivé à un point de non-retour. Je me suis construit tant bien que mal dans le déni et le mensonge, j'ai tenu en équilibre autant que j'ai pu, mais mon bel échafaudage s'est écroulé, me précipitant dans les abîmes de la dépression et aux frontières de la schizophrénie. Il me faut tout recommencer, tout rebâtir depuis les fondations. Apprendre à vivre avec moi-même pour pouvoir vivre avec les autres. J'ai besoin d'aide, je n'ai plus le choix. Je sais que ce n'est pas un match comme les autres que d'affronter le gars Papé. Tout seul, je ne suis pas armé.

Durant mon internement, il a été convenu avec le docteur Savigny qu'une seule personne serait autorisée à me rendre visite : le fidèle et dévoué Karim. Il vient presque chaque jour et je lui remets ce que j'ai écrit la veille pour qu'il le transmette à Magali. Je ne veux rien lui cacher. Plus maintenant. Je veux qu'elle sache. J'aimerais qu'elle comprenne. Tant pis si c'est trop tard. Tant pis si elle me juge ridicule. J'assume. Désormais, j'assume tout. Je suis prêt à puiser au plus profond de moi-même pour la reconquérir. Pourquoi ne reproduirais-je pas dans ma vie d'homme tout ce que j'ai réussi à faire sur les terrains de rugby ? Pourquoi me gâcher l'existence, et gâcher celle des miens, pour ce qui n'est rien d'autre, au fond, qu'une simple tache de naissance ? Et si je ne m'interdisais plus d'être heureux ? Comme ce jour où Karim me tend une grosse enveloppe que Magali lui a donnée pour moi. C'est la première fois qu'elle me répond, même si à l'intérieur il n'y a aucun mot de sa part. Juste une ribambelle de dessins d'enfants. Pas seulement de

Louis mais aussi des jumeaux : une vache verte, un soleil bleu, un géant rose avec de grandes oreilles, tiens, je le connais celui-là… Alors, ils pensent à moi ? Moi aussi, je pense à eux. Chaque jour passé loin de la maison me rapproche de ma famille. Et il n'y a que ça qui compte. Pour mon dos, pour mes cuisses, on verra plus tard. Si je dois rééduquer quelque chose en priorité, c'est ma tête. Le corps suivra. Il a toujours suivi. Je fonctionne au mental. C'est mon plus gros muscle.

Lors de ma dernière semaine d'hospitalisation, je me joins spontanément à ces groupes de paroles qui s'organisent dans le parc, assis dans l'herbe. Jusque-là, les médecins craignaient que je ne sois pas assez costaud. Mais, maintenant, ça va. Je peux endosser le malheur des autres et mettre des mots sur le mien. Je n'aurais jamais cru qu'un type aussi sauvage que moi se retrouverait un jour à blablater dans ce genre de cercle. Il y a encore quelques semaines, j'aurais trouvé ça humiliant. J'avais tort, une fois de plus. L'exercice m'aide à relativiser l'épreuve que je traverse. Ici, chacun porte sa croix et la mienne n'est pas si lourde que ça. Chaque histoire est différente mais notre combat nous unit.

Même le dernier des drogués qui est en train de dépeindre son enfer a la volonté de s'en sortir. Et tous les damnés de la terre qui sont assis autour de moi ont la volonté de s'en sortir. Je les observe, je les écoute, et je n'ai pas honte de mêler ma détresse à la leur. C'est une drôle d'équipe peut-être, j'ai connu des packs plus solides que le nôtre mais, pour l'heure, ma place est parmi eux. Je fais partie du club. À leurs côtés, je me sens moins seul.

À force de me recroqueviller sur mes problèmes, j'avais oublié à quel point ça fait du bien de s'ouvrir aux autres. J'en ai la confirmation dès les premiers jours de mon retour à la vie civile. Tout ce que je suis allé chercher au plus profond de moi-même pour le coucher sur le papier n'est pas resté lettre morte. Magali a lu et relu ces pages, souvent les larmes aux yeux, et elle a eu l'impression de faire ma connaissance une deuxième fois. Mais ça, elle me l'avouera un peu plus tard. En tout cas, elle est là. À la maison. Quand je rentre, elle m'attend. Et les garçons aussi. Elle dit qu'elle me trouve courageux et même qu'elle est fière de ce que j'ai fait. Je lui réponds que j'ai passé ma vie dans la douleur et qu'à force de m'infliger du mal, j'en infligeais aux autres. Elle acquiesce en silence. Il faut qu'on se rapprivoise doucement. Il faut qu'elle oublie ces derniers mois où tout a basculé, mais aussi les huit années précédentes où j'étais incapable de lui dire « je t'aime ». Et si, pour sceller nos retrouvailles, on partait en vacances ? Tous ensemble, loin de la ville, en pleine nature. Comme quand je m'asseyais dans le parc de la clinique et que la conversation des moineaux me ramenait à la vie. Magali appelle son frère qui habite en Provence, une belle maison au pied de la montagne Sainte-Victoire. Il est ravi de nous accueillir. Et moi, je brûle de montrer aux miens tous les progrès que j'ai accomplis.

Cette semaine de vacances en famille est la première étape d'un long chemin. Chaque jour, nous partons en randonnée sur des sentiers déserts, nous pique-niquons au bord des lacs et des cascades. Et nous parlons. Et nous rions aux blagues de Louis : « Hé ! Papa, tu connais l'histoire des deux escargots qui partent manger des cerises ? “Bah ! On est en hiver, dit le premier. – Oui, mais le temps qu'on arrive, ce sera l'été”, répond l'autre… » Au fond, c'est un peu comme mon histoire avec sa mère. Je dois faire preuve de patience, regagner sa confiance jour par jour, semaine après semaine. Je prends soin d'elle comme jamais, ce n'est pas bien difficile, mais il y a toujours de la retenue entre nous. Magali évite tout contact physique. Il faut dire que la dernière fois que je lui ai sauté au cou, ce n'était pas terrible. Je me mets à sa place. Maintenant, oui, j'arrive à me mettre à sa place. Quand on rentre à Meudon, je me propose pour emmener les enfants à l'école et surveiller leurs devoirs. Je découvre la joie simple d'être un père de famille comme les autres. Ma femme travaille désormais, et moi, je n'ai pas le rugby. « Tu peux aller au rendez-vous avec la maîtresse de Thomas et Luc, à 17 heures ? » Je me rends compte que je ne la connaissais même pas. Je me rends compte de tout ce que j'ai négligé quand j'étais un autre.

J'ai beau avoir beaucoup progressé dans la transparence et l'ouverture aux autres, je ne vais pas m'étaler indéfiniment sur notre intimité et toutes les étapes de notre retour à une vie de couple normale. Disons que les premières semaines, Magali évoquait parfois la possibilité d'une rupture, même à titre provisoire, histoire de prendre un peu de recul avec les événements. Et puis un jour, elle n'en a plus du tout parlé. Ensuite, on a continué de se confier l'un à l'autre, en tête à tête au restaurant ou quand les enfants étaient couchés. « Tiens, tu sais ce que je pense... », « Un jour, j'aimerais bien qu'on fasse ça... », « Ça s'est bien passé ta journée ? »... Toutes ces phrases que je n'avais jamais prononcées et qu'elle-même avait fini par avaler, lassée de s'adresser à un mur. À la fin du printemps, nous sommes partis tous les deux à Venise. On a fait ce que tous les amoureux font là-bas depuis la nuit des temps. On s'est baladés le long des canaux, on s'est pris en photo au milieu des pigeons de la place Saint-Marc et on a mangé le meilleur risotto du monde. Et puis, le dernier soir, Magali s'est arrêtée à la terrasse d'un café pour s'acheter une glace. Je l'attendais un peu plus loin, au pied d'un petit pont en escalier tout juste éclairé par la lune. Elle est arrivée, son cornet à la main et un grand sourire sur le visage. Elle a grimpé deux ou trois marches, s'est retournée en un éclair et m'a collé un bisou au caramel sur la bouche. C'était le premier depuis que j'étais rentré à la maison.

Évidemment, avec tout ce que je venais de traverser, il m'a semblé que le rugby était presque devenu une préoccupation secondaire. Ce n'est pas qu'il n'avait plus d'importance, mais il occupait désormais la place qu'il n'aurait jamais dû cesser d'occuper. Une passion, un métier. Une chance. Tout comme ma famille en était une. Longtemps, trop longtemps, j'ai été obnubilé par ma carrière. Le rugby m'a tout offert, je ne pouvais pas faire autrement que de tout lui sacrifier. Je pouvais bien avoir zéro comme mari, du moment que *L'Équipe* me notait 8/10 et que le *Midi Olympique* m'attribuait trois étoiles. Je connaissais mes qualités de joueur, mais j'ignorais la moindre de mes qualités d'homme. Et en avais-je seulement, des qualités, hors du terrain ? C'est une psychologue, Meriem Salmi, qui m'a aidé – et qui m'aide encore – à mettre de l'ordre dans mes priorités et dans ma vie de tous les jours. Je suis loin d'être le seul sportif dont elle ausculte le cerveau. Elle en accompagne bien d'autres, et de très célèbres. Il faut croire que le métier de champion n'est pas le plus équilibrant qui soit. Avec elle, j'ai compris que je ne risquais rien à raccrocher ma tenue de rugbyman, et les soucis qui vont avec, quand je rentrais à la maison. Ce que je donne à ma famille, je ne le retranche pas à mon sport. Je n'ai pas besoin d'y penser vingt-quatre heures sur vingt-quatre. Ce n'est pas ça qui va altérer mes performances. Bien au contraire. Meriem m'a aussi appris à ne plus me flageller en permanence. Et à prendre du plaisir sur le terrain, hors de la victoire à tout prix. Ce plaisir que mon pote Julien Bonnaire avait la sagesse d'afficher en toutes circonstances. Elle m'a même convaincu que mon parcours était admirable et que j'étais un bon père. Mais que je ne le savais pas. Aujourd'hui, je n'ai aucune honte à reconnaître que ces séances avec ma psy m'apportent plus que mes séances de musculation. Tant pis si c'est tabou, surtout dans le petit monde du rugby. Ils peuvent bien rigoler. Je m'en balance. J'assume. Désormais, j'assume tout.

Quand on arrête de se monter la tête pour un oui pour un non, c'est marrant comme tout devient soudain plus facile. Si j'osais, je dirais que j'ai eu beaucoup moins de mal à reconquérir ma place en équipe de France qu'au côté de ma femme. Durant l'été 2013, je me suis préparé physiquement comme jamais. Il me fallait reprendre dix kilos de muscles, du souffle et un mental de guerrier.

J'attendais avec impatience de savoir si le nouvel homme que j'étais devenu avait encore l'envie et la force d'y parvenir. Je n'ai pas mis longtemps à être fixé. Dans le parc de Saint-Cloud, avec l'aide des préparateurs physiques du Stade français, j'ai enchaîné les sessions de courses et de Wattbike, des séances de puissance à intensité maximale où l'acide lactique finit par couler comme du béton dans les muscles. J'ai poussé mon corps dans ses ultimes retranchements, j'ai vomi tout ce que je pouvais vomir. Mais, jour après jour, mètre après mètre, je me suis forgé un moteur tout neuf. Et j'y ai ajouté la carrosserie nécessaire en arrachant quelques centaines de tonnes de fonte.

J'ai recommencé la saison avec mon club, fin août, à Grenoble, et Philippe Saint-André m'a rappelé en équipe de France, lors de la tournée d'automne des All Blacks et des Springboks sud-africains. On a perdu les deux matchs mais, à titre personnel, j'ai retrouvé toutes mes sensations, et même un peu plus que cela. J'étais comme un appareil informatique dont on a chassé les virus et réinitialisé le programme. J'avais retrouvé une seconde jeunesse, je moulinais à fond. Avant le

Tournoi 2014, Dusautoir s'est fait une déchirure au biceps et, pendant son absence, j'ai retrouvé mon rôle de capitaine du XV de France. Ça ne m'a pas empêché de continuer à faire les courses avec ma femme ni d'accompagner les jumeaux chez l'orthophoniste. N'empêche, un an après le match de Rome et tout ce qui s'était ensuivi, j'avais quand même mis un sacré coup de pied au fond de la piscine. Pour ne rien gâcher, ce Tournoi s'est avéré être le meilleur, ou plutôt le moins décevant, de l'ère Saint-André. On a battu les Anglais et on a laissé échapper la victoire finale à la dernière minute, au Stade de France, face à l'Irlande. Si je n'avais pas fait un en-avant sur l'essai refusé à Damien Chouly, la France aurait remporté le Tournoi. Sur un coup pareil, naguère, j'aurais fait la gueule à la maison pendant six mois.

Maintenant, j'ai trente-quatre ans. Ça sent l'écurie. Au fond de moi-même, je sais que l'année 2015 sera ma dernière saison internationale avec, en point d'orgue, la Coupe du Monde en Angleterre. Il me faudrait un titre pour partir en beauté. Ce ne sera pas celui-là. À la surprise générale, le Stade français va être sacré champion de France au terme d'une saison rocambolesque et d'une série d'exploits en phases finales couronnée par la victoire face à Clermont, 12-8, à Saint-Denis. À la surprise générale, mais pas la mienne. Six mois plus tôt, alors que l'équipe traînassait en bas de classement, j'avais fait un rêve prémonitoire. Le genre de rêve qui me changeait des crises d'angoisse dont j'avais eu si longtemps l'habitude. Je m'étais vu en train de brandir le bouclier de Brennus sous une pluie de confettis dorés. Ma médaille de champion autour du cou, j'avais slalomé au milieu des officiels pour aller embrasser ma femme et mes enfants qui se pressaient en bas de la tribune présidentielle. La sono du Stade de France crachait *We Are the Champions* et les flashs des photographes crépitaient dans la nuit comme des feux de Bengale. Quinze ans que j'attendais ce moment. Quinze ans qu'il se refusait à moi. Quand je m'étais réveillé, je m'étais dit que ça allait être encore meilleur de goûter à ça en fin de carrière. Et c'est ce qui s'est passé, exactement comme dans mon rêve.

Cette année-là, pour être honnête, je ne me suis jamais levé le matin avec la conviction qu'on allait être champions du monde. Je voulais y croire, bien sûr, je ne pouvais pas imaginer qu'on allait sombrer corps et biens en quarts de finale et prendre soixante points face aux All Blacks, mais j'avais des doutes sur notre capacité à nous transcender dans l'adversité. En quatre ans, les choses ont bien changé en équipe de France. La cuite collective et la révolte de Wellington appartiennent déjà aux livres d'histoire. Une nouvelle génération est arrivée : elle est pétrie de talent, formatée depuis l'adolescence pour le rugby professionnel. Mais elle manque sans doute un peu de caractère… Question de culture. Tout ce qui me faisait dresser les poils sur les bras quand j'ai débarqué pour la première fois à Marcoussis, la tunique bleue, la parole des anciens, n'a plus la même portée sur ces nouveaux capés qui gèrent leur image et leur carrière comme des artistes du show-biz. Le maillot de l'équipe de France n'est plus le saint suaire ensanglanté de Jean-Pierre Rives, il est devenu « bankable ». Ces gamins d'une vingtaine d'années savent tout le profit qu'ils peuvent en tirer auprès de leurs agents, de leurs équipementiers. Le soir, à la table du XV de France, on passe presque pour un vieux con si, aussitôt le dessert avalé, on ne file pas dans sa chambre pour alimenter Twitter et les réseaux sociaux. Après, il ne faut pas s'étonner quand, dans les vestiaires, la moitié des types ont encore leur casque sur les oreilles à cinq minutes du coup d'envoi.

Bon, ça n'explique pas tout. Saint-André a probablement commis des erreurs, notre jeu qui se voulait ambitieux s'est étiolé comme une peau de chagrin au fil de son mandat et du doute qui s'installait dans les têtes ; moi-même, je n'ai de leçons à donner à personne, j'y étais lors de l'humiliation face aux All Blacks. Et j'ai pris la marée noire en pleine tronche comme les autres. Ça ne sert à rien de jouer les anciens combattants. Je préfère chercher des solutions. Dès notre retour en France, sous la risée des journalistes, j'ai accepté de participer à une commission technique chargée de répondre à l'état d'urgence dans lequel se trouve le rugby français. Plusieurs propositions ont été adoptées, concernant notamment la mise à disposition des joueurs pour l'équipe de France, l'indemnisation des clubs du Top 14 privés de leurs internationaux et un début de convergence entre les intérêts des Bleus et celui de notre sacro-saint championnat. Il n'y a que chez nous que les meilleurs joueurs se défoncent trente week-ends par an pour leur club avant de se rassembler à la sauvette cinq jours avant les matchs internationaux. Ça ne peut plus durer. Dans toutes les grandes nations de rugby, la priorité est donnée à l'équipe nationale. À titre d'exemple, les All Blacks passent quasiment six mois de l'année à s'entraîner ensemble. Aujourd'hui, même les Écossais, si longtemps à la traîne du rugby professionnel, ont un train d'avance sur notre organisation ubuesque et nos préoccupations de chefs de gare.

C'est sûr que j'aurais aimé mettre un point final à ma carrière sous le maillot bleu autrement que par cette déroute historique contre la Nouvelle-Zélande. En même temps, depuis notre défaite six jours plus tôt, lors du dernier match de poule face aux Irlandais, je savais qu'on aurait du mal à renverser les pronostics. Jusque-là, je m'efforçais de croire qu'à défaut de jaillir dans les coulisses l'étincelle pouvait jaillir sur le terrain. Encore une fois, je reste persuadé que cette équipe de France avait plus de talent que la plupart de ses glorieuses devancières avec lesquelles j'avais eu l'honneur de jouer. On a engagé le bras de fer avec les Irlandais et, pendant une heure, on leur a tenu la dragée haute. Et puis, on a craqué. Le mental n'a pas tenu. Et on a perdu 22-8. Et j'ai pensé que si on craquait à l'heure de jeu face aux Irlandais, ça n'allait pas être beau à voir contre les All Blacks. Et je me suis aussi dit que ces foutus *Irish* m'avaient bien pourri ma dernière saison internationale.

Six mois plus tôt, lors du Tournoi des 6 nations, j'avais écopé de quatorze semaines de suspension pour un coup de genou sur le troisième ligne irlandais Jamie Heaslip. Un accident de jeu. Avant la rencontre, on avait remarqué que les Irlandais, plutôt que de plaquer au sol leurs adversaires, préféraient les bloquer debout pour provoquer un maul et attendre que l'arbitre leur rende la balle sur la mêlée suivante. Bon, c'est un peu technique, mais ça explique pourquoi je suis arrivé plein fer sur Heaslip quand, avec plusieurs équipiers, il tentait de coffrer Rémi Lamerat selon leur stratégie habituelle. C'était une façon de lui faire comprendre que les placages hauts, il fallait qu'il oublie pour cet après-midi-là. Je voulais lui faire mal, sans pour autant lui péter trois vertèbres. Cela dit, je crois qu'il a rejoué cinq semaines plus tard. Et moi, j'en ai passé trois et demi au frigo. Disons qu'on était quittes.

Enfin, c'est ce que j'ai cru jusqu'à ces fameuses retrouvailles avec les Irlandais lors de la Coupe du Monde. Je ne sais pas si c'était une sorte de retour à l'envoyeur, moi je n'ai jamais tenu ce genre de comptes mais, dès le début du match, un pote d'Heaslip, Sean O'Brien, m'a aligné, hors de toute action de jeu. Un magistral crochet du droit alors que j'avais le regard vissé sur le ballon dix mètres plus loin. Je me suis retrouvé K-O, le nez dans l'herbe, une douleur atroce dans l'abdomen. Cela faisait vingt ans que je n'avais pas ressenti un tel coup de poignard. En fait, ce con avait visé juste sur la hernie que je m'étais faite quand je n'étais qu'un bébé qui hurlait à la mort dans l'appartement du quartier des États-Unis. À l'école de rugby, je me souviens que j'avais toujours peur que ma hernie éclate et que le moindre choc dans le ventre me faisait un mal de chien. Et puis, ma cage thoracique s'était développée, les abdominaux avaient poussé, et j'avais fini par oublier ce point faible de ma cuirasse. Mais là, quand O'Brien m'a foudroyé devant les soixante-dix mille spectateurs du Millenium de Cardiff, tout est revenu à ma mémoire. Je me suis revu dans mon premier maillot jaune et noir, à l'école de rugby de Givors. J'ai même pensé que mon adversaire connaissait peut-être mon histoire, qu'il avait frappé en toute connaissance de cause là où ça fait mal, mais bon, j'étais K-O, sûrement que je divaguais un peu. N'empêche, après coup, je trouve que c'était quand même un drôle de clin d'œil du destin. Que ce vestige de mon enfance se rappelle à moi lors de ce match qui préfigurait, avec quelques jours d'avance, la fin de ma carrière internationale… Que ma hernie me terrasse comme quand j'avais huit ans. Quelque part, ça devait être le signe que la boucle était bouclée.

Épilogue

Je n'ai pas peur de mon après-carrière. Aujourd'hui, je crois que je n'ai plus peur de grand-chose. Ce livre était peut-être la dernière chose qui me restait à faire pour être en paix avec moi-même.

En cet automne 2016, j'entame ma dernière saison au Stade français. La der des ders. J'aimerais accompagner les jeunes qui, bientôt, prendront le relais, leur inculquer quelques ficelles, leur insuffler un peu de ma hargne et de mon amour pour ce jeu.

Ce ne sont pas les projets qui manquent. J'ai ouvert un restaurant à Lyon avec David Attoub, mon cher David. J'ai aussi des parts dans une société de consultants qui s'occupe de la reconversion professionnelle des sportifs de haut niveau. Et puis, j'ai tellement de choses à faire avec les miens. Tellement d'amour à rattraper.

Tout à l'heure, comme chaque mercredi, j'emmènerai les enfants à l'école de rugby. Ils ont commencé encore plus jeunes que moi, dès cinq ans. Au début, je les avais inscrits au Stade français mais j'ai trouvé que l'ambiance était trop sérieuse, trop « professionnelle » pour des mômes qui, à cet âge-là, ne demandent qu'à s'amuser. Maintenant, ils sont à l'école de rugby de Meudon, un petit club sans prétention tenu à bout de bras par quelques bénévoles. Ça me rappelle Givors, l'odeur des pains au chocolat pour le goûter et les pâquerettes sur les pelouses qui n'étaient jamais tondues.

Ça me rappelle le petit Pascal Bardon dans ses chaussures à crampons d'occasion toujours trop grandes. C'est drôle mais, au fil de ces pages, j'ai l'impression de m'être réconcilié avec lui. Je ne sais pas pourquoi j'ai voulu pendant si longtemps qu'il disparaisse de ma vie. Enfin, si, je sais, mais j'ai eu tort. Au fond, peut-être que c'était lui le petit bonhomme qui planait au-dessus de ma tête quand je m'apprêtais à commettre l'irréparable. Peut-être que c'est lui qui m'a dit d'arrêter mes conneries.

Aujourd'hui, je crois que je n'ai plus peur de grand-chose. Même plus de mon passé. Ni de finir ce livre comme je l'ai commencé.

Je ne me suis pas toujours appelé Pascal Papé.

Et c'est pour ça que mon histoire est belle…

Remerciements

Je tiens à remercier tous ceux qui m'ont accompagné et soutenu au cours de ces années.

Mon frère de cœur, David Attoub,

Mes amis pour la vie, Jérôme, Seb, Fred, Yann, Alex, Fabien, Antoine, Mickaël, Damien, Karim – mon sage,

Mes éducateurs, entraîneurs, soigneurs et kinés,

Mes clubs le SO Givors, le CSBJ, le Castres olympique et le Stade français,

Mes coéquipiers du SO Givors, de Bourgoin, de « la Berjallie », du Castres olympique, du Stade français, et du XV de France,

Les sélectionneurs Bernard Laporte, Marc Lièvremont et tout particulièrement Philippe Saint-André,

Laurent Seigne, la voix de ma raison,

Max Guazzini, mon incroyable rencontre,

La famille Savare,

Fred Liwer, Éric Lemaire, Doc Savigny, Alain Elias, Meriem Salmi.

Merci à vous tous qui avez fait de moi ce que je suis.

L'éditeur remercie Éric Lemaire, rassembleur aussi généreux qu'intuitif. Sans lui, ce livre n'aurait peut-être pas vu le jour…

Table des Matières

Composition :

PRESS·PROD

Direction littéraire :

Elsa Lafon
Maïté Ferracci

IMPRIM'VERT® PEFC™ 10-31-1510

Imprimé en France
par Corlet Imprimeur
14110 Condé-sur-Noireau
Dépôt légal : octobre 2016
N° d'impression : 184220
ISBN : 978-2-7499-3031-2
LAF 2255